Frank Bernd Lukass

Komm doch einfach mit!

Frank Bernd Lukass

Komm doch einfach mit!

Aus dunklen Schatten

durch Träume zu neuem Glück

Roman

Bibliografische Information der Deutschen Nationalbibliothek: Die Deutsche Nationalbibliothek verzeichnet diese Publikation in der Deutschen Nationalbibliografie; detaillierte bibliografische Daten sind im Internet über http://dnb.dnb.de abrufbar.

Lektorat: Werner Wolski

Verlag: BoD · Books on Demand GmbH, In de Tarpen 42, 22848 Norderstedt

Druck: Libri Plureos GmbH, Friedensallee 273, 22763 Hamburg

ISBN: 978-3-7693-0405-3

VORBEI

Visionen zerplatzen wie Seifenblasen.

Mit den Träumen sterben Welten.

Mühsam erbaute Brücken fallen:

Es gibt keinen Weg zurück.

Jedoch mit allem Verlust wächst die Freiheit:

Grenzen verschwimmen und die Leichtigkeit

bekommt ihren

Raum.

Frank Bernd Lukass

1

Markus Niggemeier war ein glücklicher Mensch. Denn alles, was er anfasste, gelang. Schon in der Schulzeit war es so gewesen. Besonders beim Sport glänzte er mit seinen Leistungen. Ob es Weit-Wurf oder der 100-Meter-Lauf war –: Er übertraf die anderen um Längen. Nicht nur deswegen, sondern vor allem auch aufgrund seines ruhigen und freundlichen Wesens, war er bei den Mitschülern beliebt. Markus war ein richtiger Naturbursche: mit sportlichem Körperbau und einer blonden Mähne.

Einige Mädchen aus dem Dorf fühlten sich nicht umsonst zu ihm hingezogen. Aber mehr als eine Beziehung für höchstens ein paar Monate kam mit ihnen nicht zustande, während etliche seiner Freunde bereits verheiratet waren. Anlässlich von Feiern wurde Markus bei heiterer Stimmung schon öfter mal darauf angesprochen, warum ausgerechnet er noch keine feste Bindung eingegangen sei, zumal man ihn schon länger mit verschiedenen netten und attraktiven jungen Damen gesehen habe. Markus amüsierte sich dann immer über derartige Bemerkungen und wies darauf hin, dass es nicht unbedingt an ihm gelegen habe, dass sich nichts auf Dauer entwickeln konnte. Denn die eine hatte vor, erst einmal Karriere machen, ehe sie sich bindet; und die andere wollte eigentlich immer nur etwas erleben, ihre Freiheit genießen, ständig irgendwo im Ausland herumschwirren und sich auf Partys vergnügen.

Markus aber war bei aller Lebensfreude, die er ausstrahlte, solide und bodenständig. Nach erfolgreichem Abschluss seiner Schulausbildung hatte er eine Ausbildung zum Zimmermann begonnen, während viele seiner Mitschüler angesagte Berufe wie Industrie-Kaufmann oder Designer erlernen wollten. Anders als seine Eltern war er auch nicht ständig irgendwo unterwegs. Die besuchten immer verschiedene Freunde oder machten Auslandsreisen. Da Markus sehr strebsam war, hatte er die Abschlussprüfung im Alter von 21 Jahren mit Bravour bestanden. Oft arbeitete er auch am Wochenende, um sich noch ein wenig Geld dazu zu verdienen. Wenn er dem Dachdecker des Ortes beim Ausbessern eines Dachstuhles zur Hand gehen musste, genoss er den Ausblick über „sein" Dorf. Es lag am Hang eines mit Tannen bewaldeten Hügels. Die Fachwerkhäuser reihten sich wie an einer Schnur gezogen entlang der Landstraße auf. In den kleinen umzäunten Vorgärten sah man allerlei Zierblumen und blühende Gehölze. In den Gärten hinter den Häusern wurden zumeist verschiedene Gemüsesorten und Kartoffeln angebaut.

Im Unterschied zu Markus wollten die meisten Jugendlichen nicht im Dorf bleiben, sondern ein anderes Leben – weg von der angeblich muffigen Spießigkeit ihrer Eltern, weg vom Unkraut-Jäten und von der großgeblümten Kittelschürze oder dem Blaumann. Aber Markus mochte die Beständigkeit des Dorfes mit den immer gleichen Ritualen bei den Schützenfesten oder beim Osterfeuer. Hier kannte jeder jeden; und das war für Markus völlig in Ordnung. Immer, wenn mal wieder einer der jungen Menschen dem Dorf den Rücken kehrte, bedauerte er das.

Durch die vielen Überstunden konnte er sich bald einen Golf GTI leisten. Das tornadorote Auto pflegte Markus leidenschaftlich: In regelmäßigen Abständen wurden Motorwäschen oder große Wartungen gemacht. Markus war allerdings in der Lage, so ziemlich alles selber zu erledigen; und der Ölwechsel war eine seiner leichtesten Übungen. Mit dem topgepflegten Wagen fuhr er dann samstags abends auf die Piste. Meist handelte es sich um die nächste Dorf-Disco im Nachbarort.

In einer dieser Discos lernte er ein Mädchen namens Doris kennen. Die ersten paar Male, als er sie sah, beobachtete er sie nur. Er mochte ihr rotblondes Haar und ihr stolzes Gesicht. Ihre weibliche Figur beeindruckte ihn sehr – auch, wie sie sich beim Tanzen bewegte. Irgendwann nahm er allen Mut zusammen und sprach sie an:

„Bist du öfters hier?" Sie antwortete:

„Das weißt du doch ganz genau! Du starrst mich doch jedes Mal an, wenn wir uns begegnen."

Doris sagte das nicht von ungefähr. Sie wusste, dass sie attraktiv war, und wie sie einen Mann um den Finger wickeln konnte. Verdutzt über die freche Antwort brachte Markus nichts anders hervor als:

„Magst du was trinken?"

Doris, die sich sicher war, einen Fisch am Haken zu haben, antwortete:

„Klar, ich nehm 'nen Piccolo!" Eilig ging Markus an die Theke, um das gewünschte Getränk zu holen. Der Kellner sagte beiläufig:

„Einen Piccolo zu 6 Euro und ein Bier zu zwei fünfzig – macht 8,50." Markus dachte kurz:

„Piccolo zu 6 Euro? Die Frau weiß, was gut ist!"

Aber es war ihm eigentlich egal, wie viel das Getränk kostete. Denn er verdiente genug, um sich das leisten zu können. Und da er oft Überstunden machte, hatte er sich schon einiges an Geld zurücklegen können.

Also ging er mit den Getränken an Doris' Tisch, wo sie ihn mit einem bezaubernden Lächeln erwartete. Markus konnte seinen Blick nicht von ihren vollen Lippen und den katzenhaften Augen lassen. Auch Doris fand Gefallen an Markus. Nicht nur sein äußeres Erscheinungsbild gefiel ihr, sondern auch sein solides Wesen.

Nach dem kurzen Kennenlernen verabredeten sie sich noch zu anderen gemeinsamen Unternehmungen an ruhigeren Orten: Mal aßen sie beim Italiener, mal unternahmen sie Radtouren mit anschließendem Picknick. Voller Stolz stellte er dann irgendwann seine Angebetete den Freunden vor. Und seine Freunde freuten sich mit ihm; denn es machte den Anschein, als würden sie gut zusammen passen.

Nachdem sie einige Monate miteinander „gingen", stellte er Doris offiziell auch seinen Eltern vor. Markus' Eltern, die in bescheidenen Verhältnissen lebten, waren von der tollen jungen Partnerin mit den guten Manieren sehr angetan. Und Doris gefiel sich in der Rolle der allseits bewunderten und begehrenswerten Frau. Als Markus irgendwann um ihre Hand anhielt, sagte sie ohne Umschweife „Ja".

Markus baute bald sein Elternhaus um: Die Eltern sollten unterm Dach wohnen, und für Doris und sich brachte er die Parterre-Wohnung auf den neuesten Stand. Das Umgestalten der Wohnung machte Doris sehr viel Spaß. Sie bestimmte die farbliche Abstimmung der Tapeten. Auch suchte sie die Möbel nach ihrem Geschmack aus. Markus ließ ihr diesen Freiraum, denn er erfreute sich an ihren kreativen Ideen.

Dann wurde mit Glanz und Gloria geheiratet – ganz, wie es auf dem Land üblich ist. Markus hatte das Gefühl, genau das Richtige zu tun. Es war fast so, als würde sein Leben jetzt auf ein Gleis gestellt, das nur pures Glück verheißen könnte. An die 200 Gäste nahmen an der rauschenden Feier teil. Sämtliche Freunde und Freundinnen feierten gemeinsam mit ihnen. Alle hielten die beiden für ein bezauberndes Paar.

Nach der Hochzeit schien das Glück lange Zeit perfekt zu sein. Nur als sich nach mehr als zwei Ehejahren noch kein Nachwuchs einstellte, wurde Markus unruhig. Denn er wünschte sich doch eine richtige Familie mit mindestens drei Kindern. Als er mit Doris über seine Sorge sprach, beruhigte sie ihn:

„Mach dir keine Gedanken, Schatz. Wir werden schon noch Kinder bekommen!"

Dass sie aber weiterhin die Pille nahm, verriet sie ihm nicht. Doris hatte keine Lust auf eine – aus ihrer Sicht so betrachtete – Spießerfamilie; sie wollte lieber viel reisen sowie auch ihre Unabhängigkeit bewahren.

Markus war ja fleißig, und zusammen mit ihrem Gehalt aus der Stelle als Büro-Kauffrau konnte sie vor ihren Freundinnen den Anschein einer wohlhabenden Person erwecken. Sie shoppte viel, reiste wie eine ihrer Freundinnen, eine Bankiersfrau, und versuchte auch, in solchen und anderen besser gestellten Kreisen zu verkehren.

Markus, der ihre Ambitionen zunehmend skeptisch verfolgte, kam es manchmal so vor, als würde sie sich für ihn schämen. Sie schleppte ihn zum Beispiel ins Theater oder in die Oper, wo er sich für sein schwer verdientes Geld Dinge anschauen musste, die ihn nicht interessierten. Ihm waren die modernen Theaterstücke zuwider, in denen spärlich bekleidete Künstler so viel kreischten und sich irre aufführten.

Dort fühlte Markus sich absolut deplatziert. Auch wurde er mit Doris' Bekannten und Freunden, mit denen sie sich im Theater trafen, nie richtig warm. Die Theater-Aufführungen waren ihm einfach zu philosophisch überladen: Er hätte sich lieber einen Schimanski-Krimi angeschaut, als der vermeintlich hohen Kunst zu lauschen.

Fast noch schlimmer als der eigentliche Theaterbesuch waren für ihn die anschließenden Bar- oder Café-Besuche, bei denen man die Events mit Doris' Bekannten und Freunden besprach. Da wurden die vermeintlich tiefsinnigen Stücke interpretiert und je nach Auffassung zerlegt bzw. kritisch hinterfragt.

2

Markus ist so manches Mal dabei gewesen – bis zu dem Tag, an dem er mit Herrn Grohe aneinandergeriet. Es handelte sich um das neu inszenierte Theaterstück „Wilhelm Tell“. Herr Grohe, der Produktionsleiter in einer Fabrik für Fertigbetonteile war, äußerte sich total begeistert über das Stück des Freiheitskämpfers. „Ganz toll“ fand er die minimalisierte Kostümierung und die spärliche Bühnenausstattung, wodurch die Handlung ganz deutlich in den Vordergrund gerückt würde. Da meldete sich Markus, der sonst stoisch schwieg, zu Wort:

„Wenn ich einmal meine Meinung äußern darf", hob er an, um dann fortzufahren:

„Ich fand den Wilhelm in dieser Aufführung äußerst albern. Ich weiß nicht, was an einem in Feinripp-Unterwäsche kämpfenden Volkshelden schön sein soll! Außerdem nervte mich das ständige Geschrei in diesem Stück. Da musste man ja annehmen, dass der Wilhelm verhaltensgestört ist!"

Doris, die sich über Markus' Einwand maßlos ärgerte, ergriff mit einer Hand das Handgelenk ihres Mannes und bohrte, für die anderen nicht sichtbar, ihre spitzen Fingernägel in seine Haut. Markus blickte darauf in Doris' Augen, die ihn nun mit maßloser Verachtung zu strafen schienen. In diesem Augenblick holte Herr Grohe zum verbalen Gegenschlag aus:

„Mein lieber Niggemeier, man kann doch in der heutigen Zeit keinen Wilhelm Tell in einer realistischen Form mehr aufführen. Kein gebildeter Mensch möchte so etwas mehr sehen! Jeder Intellektuelle möchte nur noch die reine Essenz einer Geschichte angeboten bekommen, und nicht das Drumherum mit Pomp und Posaunen."

Doris bekam vor lauter Scham rote Wangen. Am liebsten wäre sie in diesem Augenblick im Boden versunken. Markus hatte mittlerweile seine Hand aus der schmerzhaften Umklammerung seiner Frau befreit und sagte trotzig:

„Ich fände es trotzdem besser, wenn bei einem Eintrittspreis von fast 50 Euro die Schauspieler schöne Kostüme oder Rüstungen trügen, statt dreckiger Unterwäsche. Außerdem wäre mir auch eine klare Aussprache lieber gewesen als dieses dümmliche Gegrunze, welches sehr schlecht zu verstehen war. Vielleicht muss man dafür intellektuell sein, um so was zu verstehen. Mir gefiel es nicht – und damit basta!"

In diesem Augenblick brach für Doris eine Welt zusammen. Über Jahre hatte sie sich diesen Freundeskreis aufgebaut. Aber nun fürchtete sie, durch sein Verhalten ihren guten Ruf zu verlieren:

„Das alles macht er jetzt mit seinen ausfallenden Äußerungen zunichte", dachte sie.

„Warum um Himmels willen hat er sich benommen wie ein Idiot? Warum hat er nicht seinen dummen Mund gehalten? Warum muss er jetzt alles zerstören?"

Sie hatte es doch erreicht, zu diesem Kreis der an Kunst Interessierten zu gehören. Und nun so etwas! Ihr war die Situation mehr als peinlich. Sie war innerlich aufgewühlt:

„Er grenzt sich damit doch selbst aus und macht nicht nur sich unmöglich, sondern uns beide!"

Grohe, der sich nun persönlich angegriffen fühlte, konterte:

„Haben Sie denn überhaupt eine Hochschulausbildung, um so etwas beurteilen zu können, mein lieber Niggemeier?"

Nachdem er dies gesagt hatte, fuhr er mit der Hand durch sein gegeltes Haar, um es offenbar wieder in Form zu bringen. Anschließend rückte er noch seine Designer-Brille zurecht und schaute triumphierend lächelnd in die Runde.

Markus empfand das, was Grohe eben gesagt hatte, als absoluten Tiefschlag und schwieg lieber einen Moment, als unbeherrscht zu reagieren. Denn er wusste, dass man schnell über das Ziel hinausschießen könnte. Und er wollte ja auch keinen Streit anzetteln. Natürlich war er zutiefst gekränkt, weil ihm deutlich vor Augen geführt wurde, dass man ihn nicht ernst nimmt, obwohl man sich schon seit Jahren traf und also kannte. Deshalb antwortete er bald mit ruhiger und fester Stimme:

„Wenn man die schönen Künste nur mit einer Hochschulausbildung bewerten darf, dann bin ich hier wohl fehl am Platz. Komm Doris, wir gehen!"

Markus hielt seiner Frau die Hand hin und schaute sie dabei ernst an. Doris tat so, als höre sie ihren Mann nicht. Sie wandte sich stattdessen einem Sektglas zu, welches sie sich mit zitternder Hand von der Theke genommen hatte. Markus wiederholte dann nochmals:

„Doris, lass uns gehen!"

Doris regte sich aber immer noch nicht. Das einzige, was Markus anschließend noch wahrnahm, waren die süffisant lächelnden Lippen ihrer Begleiter. Ohne noch ein weiteres Wort zu sagen, drehte sich Markus um und verließ langsam das Lokal. Dabei dachte er:

„Doris lässt dich jetzt einfach gehen! Was habe ich da denn nur für eine Frau geheiratet? Kein bisschen loyal verhält sie sich. Das ist der Dank dafür, dass ich so viel für sie gemacht habe!"

3

Nach diesem Vorfall hatten sie sich mehrere Tage nur ange-
schwiegen. Aber es war für Markus auch gar nicht schwer,
seiner Doris aus dem Weg zu gehen, denn in der Nachbar-
stadt wurde eine neue Siedlung errichtet. Hier war Markus'
Arbeitskraft gern gesehen.

Wenn er dann spät abends nach Hause kam, schlief sie
schon oder schaute sich im Fernsehen irgendwelche
„Soaps" an. Dabei stellte er fest, dass diese Sendungen
nicht unbedingt besonders anspruchsvoll waren.

Markus hasste es, Streit zu haben. Deshalb brachte er ihr
dann öfter einen schönen Blumenstrauß mit, wenn er von
der Arbeit zurückkam. Für Doris war diese Harmoniebe-
dürftigkeit jedoch ein Zeichen von Schwäche. Sie verach-
tete ihn heimlich dafür, obwohl sie ihm vorspielte, sie
würde ihn für derartige Liebesbezeugungen schätzen. Er
aber nahm ihr das in seiner naiven und gutgläubigen Art ab.

Irgendwann fiel Markus auf, dass Doris immer mal nicht
zuhause war, wenn er von seiner Arbeit heimkam. Als er
sie darauf ansprach, zeigte sie ihm alte Theaterkarten und
sagte:

„Du hältst doch nichts vom modernen Theater. Deshalb
muss ich ja wohl allein hingehen!"

Einerseits war Markus erleichtert, nicht mehr diese aus
seiner Sicht unseligen Stücke anschauen zu müssen. Aber
andererseits wollte er seine Frau wenigstens in seiner Frei-
zeit um sich haben.

Dann trat etwas ein, was Markus nicht erwartet hatte: An
einem Freitag blieb eine Material-Lieferung aus, die er zum

Weiterarbeiten benötigte. Deshalb kam er früher als gewöhnlich nach Hause. Dort fand er auf dem Küchentisch einen handgeschriebenen Zettel seiner Frau, auf dem stand:

„Hallo Schatzi, ich bin in der Abendvorstellung von ‚Romeo und Julia'. Warte nicht auf mich. Ich bin nach der Vorstellung noch im ‚Feuerstein'. Dein Abendessen steht in der Mikrowelle."

Als Markus diese Nachricht las, zeigte die Küchenuhr 15:13 Uhr an. Markus dachte:

„Aha! Ich bin in der Abendvorstellung! Will die mich etwa verarschen? Wie kann sie so etwas tun!"

Er ging ein paar Schritte in der Küche hin und her, dann hinüber ins Wohnzimmer. Ihm wurde etwas schummrig vor Augen, sodass er sich auf einem Sessel niederließ.

„Was bin ich bloß für ein Hanswurst?", ging es ihm durch den Kopf, „blauäugig und naiv wie ein Kind!"

Er atmete tief ein und aus, um sich zu beruhigen, stand wieder auf und ging in die Speisekammer, wo er sich eine Flasche Bier holte:

„Ich komme mir vor wie ein Hund, dem man das Fressen hinstellt: Nun friss mal schön! Frauchen kommt bald wieder zu ihrem Schatzi zurück. Sei solange ganz lieb und warte brav. Ja – Schatzi! Ein Schatzi bin ich, ein lieber Trottel von Schatzi. Und sie ist mit ihren Freunden beim ‚Feuerstein'."

Er trank hastig die Flasche leer, anschließend eine weitere zur Hälfte, was er sonst noch nie gemacht hatte – auch dann nicht, wenn es mal auf der Arbeitsstelle Ärger gegeben hat, oder wenn er nach schwerer Arbeit müde nach Hause gekommen war. Er sinnierte weiter:

„Sie werden dort bestimmt über mich reden und sich darüber amüsieren, was für ein ahnungsloser Ignorant ich sei – ohne Gespür für höhere Kunst, und wie der Grohe es mir gegeben habe."

Das Bier tat ihm zuerst gut, aber nach der zweiten Flasche wurden seine trüben Gedanken nicht weniger. Sie nahmen eher zu und gingen in Selbstmitleid über:

„Ja, meine geliebte Frau sitzt bestimmt mittendrin: Die macht wahrscheinlich sogar dabei mit, über mich zu lästern. Wer so dumm und blauäugig ist wie ich mit meiner ehrlichen Liebe, der hat es eigentlich nicht besser verdient."

Er sackte im Sessel in sich zusammen. Ihm kamen sogar Tränen. Die wischte er sich immerfort von den Wangen, während er eine Weile ruhig sitzenblieb.

Das Abendessen rührte er nicht an. Ihm war nicht danach, etwas zu essen – schon gar nicht das, was Doris ihm vorbereitet hatte. Stattdessen hatte er das Bedürfnis, etwas Hartes zu trinken. Deshalb ging er nochmals in die Kammer. Wie er wusste, hatte Doris dort immer kleine Fläschchen mit Kirschwasser und Cognac aufbewahrt, die sie für den Kuchen verwendete, den sie ab und zu machte. Er suchte zwischen Gläsern, Dosen und Tüten herum, wo er bald auch zwei volle Fläschchen fand. Gierig kippte er den Schnaps in sich hinein und trank dann auch noch ein Bier hinterher.

Nun ging es ihm etwas besser. Seine Gedanken kreisten nicht mehr allein nur darum, dass er sich als elende betrogene Gestalt vorkam, als hintergangener Trottel, den man verspottete. Markus fühlte sich nicht wie total betrunken, eher nur wie ziemlich beschwipst und etwas benommen. Aber seine Gedanken gingen in eine klare Richtung: Geladen, wie er war, lief er noch eine Weile im Wohnzimmer hin und her – entschlossen, demnächst Änderungen in seinem Leben mit Doris herbeiführen zu wollen, um seine Selbstachtung zurückgewinnen, um vor sich selbst überhaupt weiter bestehen zu können. Er sprach halblaut vor sich hin:

„Es muss sich etwas ändern, und es wird sich etwas ändern! Es reicht! So lasse ich mich nicht weiter behandeln!"

Dazu fiel ihm angesichts seines gegenwärtigen Bewusstseinszustands im Moment nichts ein. Er musste einfach alles auf sich zukommen lassen und hoffen, dass er bald eine Lösung finden würde.

Es dauerte nicht lange, da wurde Markus ziemlich müde. Er ging in den kleinen Raum, der neben dem Wohnzimmer lag, machte dort die Stehlampe an und legte sich lang auf die Couch. Nicht einmal die Schuhe hatte er sich ausgezogen. Dort war es dunkel, weil die Jalousien noch nicht hochgezogen wurden. Bald schlief er ein, die Arme manchmal auf der Brust übereinander geschlagen, die Beine ausgestreckt.

Irgendwann wachte er plötzlich auf: Er hörte eine heisere und fremdartige Stimme, die er zuerst nicht als die eigene wahrnahm, ganz laut in das Dunkel des Raums hinein rufen:

„JA, ICH KOMME ZU DIR, MEIN GLÜCK! DU ALLEIN GEHÖRST ZU MIR. ALLES WIRD BESTIMMT GUT!!"

Erschreckt fasste Markus um sich. Er griff an die Kante der Couch, auf der er lag, an seine Arme und Beine – um sich seiner selbst und seiner Umgebung zu vergewissern. Er hatte geträumt – und zwar in einer Eindringlichkeit des Erlebens, wie das bei ihm noch nie vorgekommen war. Er fühlte sich wie in einen anderen Zustand versetzt, in eine Art trance-artigen Zustand – entspannt, entrückt, und doch äußerst konzentriert: Seine Arme und Beine fühlten sich an wie eingeschlafen und etwas schwer; er atmete ruhig und schwach.

Markus stand unter dem Eindruck von Traum-Szenen, die Glück und Freude verhießen, denen er ganz gelassen und eher wie gelähmt folgte, und die zuerst lediglich fragmentarisch aufblitzten.

Nur mit Mühe konnte er zu dem Schalter der kleinen Lampe greifen, um das Licht auszumachen. Er wünschte sich nichts mehr, als dass dieser Augenblick verweilen möge – dieser Augenblick, in dem zuerst nur schlagartig manches von dem aufleuchtete, was er geträumt hatte. Markus schloss in seinem halbwachen Zustand die Augen, um eine Innensicht ohne störende Eindrücke von außen zu haben. Er wollte alles sehen, alle Details, und diese möglichst bildnah und ausdrucksstark.

Wie im Film liefen nun sämtliche Szenen in seinem Kopf in Einzelheiten ab – von Anfang bis Ende: Er konnte genau mitverfolgen, was ihm in Kürze hätte widerfahren können und wohin ihn sein Weg am Ende führen würde. Markus sah auch, in welche Situation er geraten wäre, wenn er angesichts der für ihn demütigenden Nachricht von Doris nicht so reagiert hätte, wie er gerade reagiert hat, nämlich zu Hause zu bleiben und etwas zu trinken.

Wäre er stattdessen tatsächlich seiner Doris zum Theater nachgefahren, wie er das jetzt im Traum sah? Hätte er wirklich manches gesagt und getan, was darauf folgte, und was ihn bald in eine ganz schwierige Lage brachte? Gäbe es für ihn wirklich eine neue Liebe und eine glückliche Zukunft?

– Wir wissen es nicht. Und wir werden auch nicht erfahren, was tatsächlich weiterhin geschah, nachdem er sich hingelegt hatte. Markus träumte jedenfalls sehr intensiv folgendes:

4

Er ging schnell ins Schlafzimmer. Dort entledigte er sich seiner Arbeitskleidung, um danach unter die Dusche zu huschen. Anschließend zog er seine besten Jeans an, dazu ein Baumfäller-Hemd und die frisch geputzten Biker-Stiefel, die er so gerne trug. Bevor er das Haus verließ, aß er noch die vorbereitete Speise, die in der Mikrowelle auf ihn wartete.

Danach fuhr er in die dreißig Kilometer entfernte Stadt, wo sich das einzige Theater im weiten Umkreis befand. Dort angekommen, wählte Markus einen Parkplatz, der einen freien Blick zum Theatereingang zuließ. Anschließend studierte er den aushängenden Spielplan. Tatsächlich gab es eine Vorstellung. Diese begann aber erst um 19:00 Uhr. So holte er sich noch einen Snack und ein Soft-Getränk aus einem nahe gelegenen Kiosk, womit er es sich in seinem Auto gemütlich machte. Die Wartezeit im Auto verging zum Schreien langsam. Immer wieder stieg Markus aus dem Auto aus, um sich mit ein paar Schritten die Füße zu vertreten.

Am liebsten hätte er sich eine Zigarette angezündet, um sich ein wenig Beruhigung zu verschaffen. Aber wegen seines Kinderwunsches hatte er ja das Rauchen aufgegeben, weil ihm das von Doris nahegelegt worden war, als sie ihm nach einem Arztbesuch ihren positiven Fruchtbarkeitsnachweis unter die Nase halten konnte. Von da an hatte Markus das ungute Gefühl, in seiner Männlichkeit beeinträchtigt zu sein.

Nein, ein Versager war er nicht, denn er hatte ja eine abgeschlossene Berufsausbildung, war vollbeschäftigt, hatte den Wehrdienst geleistet – und impotent war er auch nicht. Aber es verfolgte ihn der Gedanke, dass er wahrscheinlich unfruchtbar sein könnte, was ihn ständig beunruhigte.

Es war genau um 18:37 Uhr, als eine schwarze Mercedes-Limousine vor dem Theater anhielt. Markus hatte schon etwas nervös auf die kleine Digitaluhr geschaut, als die Theaterbesucher dann doch langsam eintrudelten.

Um 18:37 Uhr sollte sich Markus' Leben schlagartig ändern: Es war vielleicht auch schon 18:38, als ein elegant gekleideter Mann, der etwa 60 Jahre alt sein mochte, ausstieg und anschließend die Beifahrertür öffnete. Ganz galant schwang die auf dem Beifahrersitz sitzende Frau ihre wohlgeformten Beine aus dem Auto, um sich dann in die Arme des Herrn zu begeben. Die atemberaubend gut aussehende Frau, die den Herrn, den Markus als den Fabrikanten Dr. von Ridderbusch identifizierte, mit ihrem bezaubernden Lächeln anstrahlte, war – Doris! Ganz nah schmiegte sie sich an den wohlhabenden Mann. Markus konnte trotz der räumlichen Entfernung erkennen, wie sehr seine Frau den Herrn Ridderbusch anhimmelte.

„Nie hat sie mich so angesehen", dachte Markus, und sein Herz pochte so stark, dass er das Blut in seinen Ohren pulsieren hörte.

Diese Situation machte ihn ratlos. Er sah sich ihr hilflos ausgeliefert. Ihm war derartiges nur vom Hörensagen bekannt, nämlich wenn Bekannte ähnliches erlebt hatten. Aber nun war er selbst in eine solche Lage geraten. Die beiden offenbar Verliebten verschwanden in der heranströmenden Menschenmenge in Richtung Theater.

„Jetzt würde eine Aussprache keinen Sinn ergeben", dachte er, stieg aus dem Auto aus und überlegte, wo er hingehen könnte, um während der Spielzeit des Theaterstücks seine Nerven ein wenig zu beruhigen.

5

Nur einige Straßen vom Theater entfernt gab es eine Eckkneipe. Dort kehrte er ein. Sie war im englischen Stil eingerichtet und urgemütlich. Aber dafür hatte Markus kein Auge. An der Theke tranken zwei mit Blaumann gekleidete Männer ihr Feierabend-Bier. Abwesend bestellte sich Markus ein großes Pils. Er leerte das Glas fast in einem Zug. Die junge Dame, die hinter der Theke stand und Bier zapfte, schaute ihn entgeistert an, um dann festzustellen:

„Na, da hat ja einer großen Durst!" Markus antwortete der jungen Frau mit:

„Machen Sie mir bitte noch ein Bier!"

Kurz musterte er die Frau hinter der Theke. Dabei stellte er fest, dass sie außergewöhnlich attraktiv war. Er dachte:

„Noch so ein Engelsgesicht! Kaum vertraut man ihnen – und schon hintergehen sie einen."

Als die dunkelhaarige Schönheit ihm lächelnd das zweite Bier reichte, wandte Markus seinen Blick ab und honorierte das nur mit einem Nicken.

In Gedanken war er bei Doris: Ihm kamen die Bilder der gemeinsamen glücklichen Tage hoch. Ja, da war der Urlaub auf Ibiza: Doris hatte in ihrem Bikini eine sehr gute Figur gemacht. Mit stolz geschwellter Brust war er neben ihr am Strand entlanggegangen. Er dachte immer, dass alle anderen Männer ihn beneiden würden. Aber jetzt fragte er sich:

„Ob sie mich überhaupt jemals geliebt hat?"

Denn es war manchmal doch seltsam, wie sie sich verhielt, wenn andere Pärchen über ein teureres Auto verfügten oder einen exotischeren Sommerurlaub verbrachten. Sie meinte zum Beispiel:

„Wäre doch schön, wenn auch wir uns das leisten könnten – aber … na ja, vielleicht machst du doch noch mal Karriere!"

Ihm fiel ein, dass sie ihn dann immer ganz eigentümlich angesehen hatte.

„Fast war es so, als hätte sie durch mich hindurchgeschaut", erinnerte er sich:

„Ich habe es ja nie so richtig ernst genommen, wenn sie mich auf dieses Thema angesprochen hat. Aber ich dachte wirklich, dass sie mich so liebt, wie ich bin. Sie kann doch jetzt nicht einfach… Nein, sie liebt diesen Ridderbusch ganz bestimmt nicht! Nur sein Geld lockt sie, nur sein Geld! Oder vielleicht ist es die Macht, die er in seinen Firmen hat?" Dann bestellte er sich einen Whisky.

„Aber gern", antwortete die Bedienung.

Markus' Blick richtete sich auf die roten Lippen der Bedienung.

„Ja, Doris hat genauso schöne Lippen wie die Bedienung. Wie gern habe ich diese Lippen geküsst – und jetzt … jetzt ist alles vorbei! Schluss – aus – vorbei! Nicht nur mein Traum von der heilen Familie ist zerstört – nein, mein ganzes Leben habe ich doch auf Doris ausgerichtet. Das darf, das kann nicht vorbei sein. Nein!", dachte Markus, und kippte dabei den Whisky hinunter.

Das durch den Alkohol verursachte Brennen in seinem Hals riss ihn aus seinen quälenden Gedanken heraus, zurück an die Theke. Die Bedienung fragte mit nachdenklicher Miene:

„Na, hast du Sorgen?"

Markus war ein wenig überrascht, dass sich die fremde Frau nach seinem Befinden erkundigte und entgegnete:

„Hm, ja, mir geht es wirklich nicht gut."

Ungefragt hatte die Bedienung ein Bier für Markus nachgezapft. Als sie ihm das frisch gezapfte Bier an seinen Platz stellte, schaute sie ihn nur fragend an. Markus nickte, und so machte die Bedienung einen Strich auf seinen Deckel. Da kein anderer Gast an der Theke saß, hakte sie nach:

„Wo drückt denn der Schuh? Glaube mir, sprechen hilft! Ich höre hier fast täglich von menschlichen Tragödien."

Markus trank einen großen Schluck vom frisch gezapften Bier, und mit noch vom Bierschaum benetzten Lippen bestätigte er:

„Sie haben es richtig erkannt! Mir geht es sehr schlecht."

Dann machte er eine kurze Pause, um anschließend mit dem herauszukommen, was ihn quälte:

„Meine Frau betrügt mich! Sie ist vor einer Stunde mit ihrem Liebhaber ins Stadttheater gegangen."

Die Bedienung blieb nach seiner Beichte ruhig. Nur ein leichtes Lächeln lag auf ihren Lippen:

„Bist du ganz sicher, dass sie dich betrügt? Oder kann es sein, dass die beiden sich wirklich nur die Aufführung im Theater anschauen wollen?", gab sie mit sanfter Stimme zu bedenken.

Leise und bedächtig stellte Markus dazu fest:

„Wenn Sie gesehen hätten, was ich gesehen habe, würden Sie das Gleiche denken wie ich."

Sie schaute etwas irritiert drein und schlug vor:

„Zuerst einmal darfst du mich duzen: Ich bin die Petra. Und dann würde ich ein klärendes Gespräch suchen, ehe ich meine ganze Welt als Scherbenhaufen betrachte." Aber Markus bemerkte dazu bitter:

„Ja, Petra, du bist vielleicht lustig! Was soll ich ihr denn sagen? Wenn ich sie darauf ansprechen würde, dass ich sie beobachtet habe, würde sie mir vorhalten, ich spioniere ihr nach. Und wenn ich mich darüber beklagte, dass sie mich offenbar betrüge, käme von ihr als Reaktion bestimmt, mir Liebe vorzuspielen und mir ewige Treue zu versprechen."

Einer der anderen Gaststätten-Besucher bestellte zwei Bier. So mussten die beiden ihre Unterhaltung unterbrechen. Nachdem Petra die Gäste versorgt hatte, wandte sie sich wieder Markus zu:

„Ach, weißt du, man kann bei solch einer Angelegenheit viel falsch machen. Aber Schweigen und sich ins Delirium zu flüchten ist ganz bestimmt nicht der richtige Weg. Mensch, du bist doch ein stattlicher Kerl und siehst sehr gut aus, wenn ich das mal feststellen darf. Da wirst du doch wohl mit solch einem Tiefschlag fertig werden!"

Markus nickte, meinte aber dazu:

„Petra, das ist nicht nur ein Tiefschlag für mich! Mein ganzes Leben ist mit einem Schlag sinnlos geworden!"

Petra lächelte nicht mehr, sondern schaute Markus inständig an, um ihm dann unverblümt mitzuteilen, wie sie die Angelegenheit betrachtet:

„So, mein Lieber! Selbstmitleid – das kannste vergessen! Sprich mit deiner Frau und mach was draus! An jedem Morgen beginnt mit dem Sonnenaufgang ein neues Leben, tausend neue Möglichkeiten und Chancen –: Man muss nur zupacken!"

Markus erwiderte ihren Blick und antwortete:

„Zupacken? Zugepackt habe ich schon mein ganzes Leben! Ich wollte die Früchte meiner Arbeit ernten, und jetzt pflückt sie ein anderer!" Dagegen aber wandte sie kritisch ein:

„Deine Frau ist doch keine Frucht. Die Liebe eines anderen Menschen kann man nicht erarbeiten oder durch Pflichterfüllung gewinnen. Die Liebe muss einfach da sein – einfach nur, weil es den anderen bzw. die andere gibt. Natürlich ist diese Liebe nach einigen Jahren Ehe nicht stets so brennend wie am Anfang einer Beziehung. Aber trotzdem ist doch immer eine gewisse Freude da, wenn man seinem Partner bzw. seiner Partnerin nahe ist! Ich verstehe, dass du ein wenig verbittert bist. Aber ich glaube, du musst deine Einstellung ändern."

Markus reagierte darauf ungehalten:

„Meine Einstellung ändern? Sag einmal, möchtest du mich vielleicht verarschen? Meine Frau liebt 'nen anderen, und ich soll meine Einstellung ändern? Sag mal, was …!"

Da unterbrach ihn Petra mit den Worten:

„Mann, jetzt bleib mal locker. Du sollst nicht deine Einstellung zu den Fehlern ändern, die deine Frau vielleicht begeht, sondern die Einstellung zu dir selbst, zu deinen Vorstellungen, zu deiner Rolle in der Partnerschaft!"

In diesem Augenblick schien Markus in sich zusammenzufallen: Nahezu kraftlos baumelten die Arme an ihm herunter, und seine Schultern verrieten, welche Last in diesem Augenblick auf ihnen lag. Nach einer kleinen Pause fing er sich wieder:

„Komm, zapf mir noch ein Bier! Danach werde ich meine Frau vorm Theater abfangen und zur Rede stellen." Petra bestätigte den Auftrag und fragte zweifelnd:

„Wird gemacht! Aber bist du dir sicher, dass du das Richtige tust?"

Markus jedoch wischte ihre Bedenken mit den Worten weg:

„Ich denke, dass es vielleicht nicht richtig ist, doch ich kann nicht anders."

Petra stellte Markus das frisch gezapfte Bier an seinen Platz, wobei sie bemerkte:

„Ich denke, du bist ein ganz cooler Typ. Und ich wünsche dir viel Glück!" Markus sagte etwas verlegen:

„Danke für deine Fürsorge! Vielleicht sehen wir uns ja irgendwann einmal wieder. Sag, was bin ich dir schuldig?" Petra nickte Markus lächelnd zu:

„Vielleicht! Ich bekomme von dir siebzehn Euro dreißig."

Markus trank hastig sein Bier aus, legte zwanzig Euro auf die Theke und verabschiedete sich:

„Stimmt so. Tschüss!"

6

Anschließend stieg er von seinem Hocker und verließ zügig
die Gaststätte. In diesem Augenblick fühlte er nur noch
Wut: An das, was soeben Petra angesprochen hatte, dachte
er jetzt nicht mehr.

Markus wollte das Ende der Theatervorstellung in seinem
Wagen abwarten. Er brauchte aber nicht lange ausharren,
bis die Besucher aus den großen Türen des Theaters hinaus-
strömten. Die Leute waren noch mit den Eindrücken des
Theaterstückes beschäftigt: Es wurde eifrig diskutiert und
argumentiert. Den Ausgang beobachtend, ging Markus der
Menschenmenge entgegen.

Da sah er schon Herrn Grohe in Begleitung seiner Muse
an der Tür, um diese für die Nachfolgenden offen zu halten.
Scheinbar gut gelaunt nickte er seinen Freunden und Bekannten zu. Markus kämpfte sich durch den Strom der
Leute, bis er direkt neben Herrn Grohe stand und diesen
giftig anzischte:

„Na Grohe, machste hier den Türsteher?"

Überrascht drehte sich Herr Grohe nach Markus um. Dieser beachtete ihn aber schon gar nicht mehr. Markus hatte
nur noch Augen für seine Frau, die soeben in sein Blickfeld
getreten war.

„Wie schön sie doch ist", dachte er.

Dann sah er Dr. Ridderbusch, der seiner Frau die Hand
auf die Taille gelegt hatte und sie so zum Ausgang führen
wollte. Markus begann, vor Erregung am ganzen Körper
leicht zu zittern. Unbändige Wut stieg in ihm hoch. Schub-

send bahnte er sich den Weg zu seiner Frau und deren Begleiter. Als Doris ihren Mann heranstürmen sah, sagte sie nur:

„Markus, was ist denn …?"

Noch bevor Doris den Satz beenden konnte, hatte Markus den Doktor am Kragen gegriffen, um ihn wüst zu beschimpfen:

„Du schmieriger, alter Mann lässt gefälligst deine Finger von meiner Frau!"

Dr. Ridderbusch, dem so etwas noch nie passiert war, versuchte etwas zu sagen, fand aber in seiner misslichen Lage keine passenden Worte. So öffnete und schloss sich sein Mund, ohne dass er etwas herausbrachte. Dann ohrfeigte Markus seinen vermeidlichen Nebenbuhler und drohte ihm:

„Wenn ich dich noch einmal in der Nähe meiner Frau sehe, breche ich dir alle Knochen!"

Kaum hatte er das ausgesprochen, wurde er von zwei Security-Männern gepackt und festgehalten, wogegen er sich mit aller Kraft wehrte.

Doris machte keine Anstalten, in der Nähe ihres Mannes zu bleiben, sondern kümmerte sich rührend um Dr. Ridderbusch, mit dem sie dann schnell das Theater verließ. Einer der Wachmänner befahl:

„Jetzt verhalten Sie sich mal ruhig! Wenn Sie aufhören sich zu wehren, wollen wir von einer Anzeige bei der Polizei absehen! Geben Sie endlich Ruhe!"

Doris und Dr. Ridderbusch hatten das Theater eilig verlassen und waren auf dem Weg zu seinem Auto. Markus schaute sich verzweifelt nach seiner Frau um, aber die war von hier aus nicht mehr zu sehen.

In diesem Augenblick unterließ er jede weitere Gegenwehr, sodass die Wachmänner ihren harten Griff ein wenig lockerten. Nach einiger Zeit kam ein weiterer Wachmann, der Markus genau musterte. Da Markus sich ruhig verhielt, gab dieser Wachmann, der anscheinend der Vorgesetzte der anderen war, die Anweisung, ihn loszulassen. Dann sagte er zu Markus:

„Sie haben ab jetzt in diesem Gebäude Hausverbot. Wollen Sie so freundlich sein, mir Ihren Ausweis zu zeigen?"

Markus fasste sich vorsichtig an seine Gesäßtasche, nahm seine Geldbörse heraus und übergab seinen Ausweis bereitwillig dem Wachmann. Dieser schrieb schnell seine Personalien auf und erläuterte bei der Rückgabe des Ausweises:

„Wir werden von einer Anzeige wegen Hausfriedensbruch absehen. Aber für die nächsten drei Jahre haben Sie hier Hausverbot. Sie dürfen nun gehen."

Die Wachmänner wandten sich ab und suchten wieder ihren mit Monitoren ausgestatteten Überwachungsraum auf.

7

Langsam verließ Markus das nun menschenleere Theater und ging zu seinem Auto. Nicht mehr in der Lage, einen klaren Gedanken fassen zu können, setzte er sich hinter das Steuer seines Wagens, um so schnell wie möglich nach Hause zu fahren. Er war aber viel zu schnell unterwegs, sodass er einen von rechts abbiegenden Wagen übersah. Mit dem Crash kam er wieder zur Besinnung und dachte:

„Um Gottes willen! Du hast doch Alkohol getrunken – und das nicht zu wenig. Der Lappen ist weg. Jetzt bloß ruhig bleiben!"

Gemächlich stieg Markus aus seinem Fahrzeug. In diesem Augenblick kam der Unfall-Gegner ihm schimpfend entgegen:

„Mensch, haste denn keine Augen im Kopf? Hier gilt rechts vor links! Schau dir einmal meinen Kotflügel an! Das wird teuer!", sprudelte es aus dem wütenden Mann heraus. Markus reagierte mit dem begütigenden Vorschlag:

„Ich werde Ihnen Ihren Schaden ersetzen! Lassen Sie uns die Adressen austauschen. Ich schreibe Ihnen dazu noch ein Schuldeingeständnis – und damit sind wir quitt."

Augenblicklich wurde der Mann ruhig. Doch dann sagte er leise und nachdrücklich:

„Sie wollen mir ein Schuldeingeständnis ausstellen?"

Markus nickte und bestätigte dies:

„Ja!"

Aber der Mann reagierte darauf anders, als Markus es erwartet hatte:

„Und hinterher stellt sich heraus, dass Sie pleite sind. Dann bleibe ich auf meinem Schaden sitzen. Für wie blöd halten Sie mich? Ich rufe jetzt die Polizei!"

Markus versuchte noch einmal, ihn zu besänftigen:

„Ich werde Sie entschädigen, glauben Sie mir." Doch der lehnte das ab:

„Ne, ne, ne, das ist mir zu schwammig! Ich rufe jetzt die Polizei!"

Er entnahm seiner Hosentasche das Mobiltelefon und meldete den Unfall bei der Polizei. Es dauerte dann auch gar nicht lange, bis ein Streifenwagen vorfuhr. Markus hatte derweil die Unfallstelle mit einem Warn-Dreieck gesichert. Einige Passanten schauten sich die Unfallstelle an und begutachteten den Blechschaden. Markus schien in so manchem Blick der ihm fremden Personen Häme erkennen zu können.

Dann stiegen die Polizeibeamten aus dem Streifenwagen aus, um den Unfall aufzunehmen. Der Unfallgeschädigte ging sofort, sichtlich aufgeregt, auf die Beamten zu, um ihnen mitzuteilen:

„Der Mann dort hat mir die Vorfahrt genommen. Außerdem ist er viel zu schnell gefahren!"

Eine Beamtin redete ihm gut zu:

„Bitte beruhigen Sie sich und zeigen Sie Ihren Führerschein sowie den Fahrzeugschein."

Der zückte sofort seine Papiere, die er schon zuvor zurechtgelegt hatte. Derweil kümmerte sich ein Kollege der Beamtin um Markus und fragte freundlich:

„Möchten Sie mir etwas zu dem Unfallablauf sagen?" Markus erwiderte ruhig:

„Ich hatte es sehr eilig, nach Hause zu kommen. Dabei habe ich den anderen Wagen übersehen. Es tut mir leid! Aber gleichzeitig bin ich froh, dass niemand verletzt worden ist."

Der Beamte blieb weiterhin sehr freundlich. Denn es handelte sich offenkundig um einen Bagatell-Unfall. Außerdem war der Unfall-Verursacher geständig. Deshalb stellte er fest:

„Ja, dann ist ja soweit alles klar. Bitte holen Sie Ihren Führerschein sowie den Fahrzeugschein und lassen Sie diese Daten von meiner Kollegin aufnehmen!" Markus dachte:

„Puh, das scheint ja noch einmal gut zu gehen! Bis jetzt haben sie nichts von meinem Pegel gemerkt."

Er holte die Papiere aus seinem Handschuhfach und machte sich auf den Weg zum Streifenwagen, wo die Beamtin die Daten der Unfallbeteiligten aufnahm:

„Ich soll Ihnen meine Papiere bringen!"

Die Polizistin, die zuvor die Daten des anderen Mannes aufgenommen hatte, stieg aus dem Streifenwagen aus und kam dann Markus ungewöhnlich nah, um die Papiere in Empfang zu nehmen. Dabei stellte sie wie beiläufig die Frage:

„Haben Sie sich auch wirklich nicht verletzt?" Markus antwortete:

„Nein, es ist mir nichts passiert."

Das freundliche Lächeln der Beamtin war plötzlich wie weggewischt. Sie nickte ihrem Kollegen kaum merklich zu. Dieser nahm dieses Zeichen auf und gesellte sich zu den beiden. Der Polizist wurde nun dienstlich ernst:

„Sind Sie mit einem Alkoholtest einverstanden?" Markus nickte traurig und dachte:

„Jetzt verliere ich auch noch meinen Lappen. Ich bin am Ende! Das ist mein Ende! Aus – vorbei!"

Der Beamte hatte das Testgerät vorbereitet: Er hielt es Markus hin, wobei er ihn aufforderte:

„Blasen Sie dort so lange in die Öffnung, bis es piept!"

Markus tat, was ihm gesagt wurde. Dabei musterten ihn die Polizisten. Ihm ging durch den Kopf:

„Die Jäger haben ihr Wild lokalisiert. Jetzt legen sie an, um es zu stellen!"

Mit ernster Miene schaute der Polizeibeamte auf das Display des Testgerätes, blickte dann mit gerunzelter Stirn seine auffallend hübsche Kollegin an und stellte fest:

„Na, da hat ja einer ganz schön tief in die Flasche geschaut!" Dann wandte er sich Markus zu:

„Mein Herr, Sie müssen mit auf die Wache. Der Amtsarzt muss bei Ihnen eine Blutprobe entnehmen, weil das Testgerät 1,7 Promille anzeigt."

Die Beamten geleiteten Markus zum Polizeiwagen und ließen ihn auf der Rückbank Platz nehmen. Die Fahrt zur Polizeistation führte durch die ganze Stadt. Markus nahm während der Fahrt nur die Lichter der Straßenlaternen wahr, die in Intervallen zu leuchten schienen. Das kalte Licht dieser Laternen verstärkte das Gefühl der bei ihm aufkeimenden Angst – Angst vor dem, was vor ihm lag: eine gescheiterte Ehe, dazu der verlorene Führerschein, der dafür sorgen würde, auch an seiner Arbeitsstelle große Schwierigkeiten zu bekommen.

8

An der Polizeistation angekommen, stiegen die Beamten aus. Einer der beiden öffnete die hintere Tür und forderte Markus mit einer dienstlich kühlen Anweisung zum Aussteigen auf. Mit gesenktem Haupt trottete Markus neben ihnen her. Ein summendes Geräusch beim Entriegeln der Eingangstür, und dann ging es in Begleitung der Beamten in die Wache: Markus wurde in einen weiß gekachelten Raum geführt, um dort auf den Amtsarzt zu warten.

Es dauerte auch nicht lange, bis ein junger Mann in weißem Kittel den Raum betrat und sich als Arzt vorstellte. Mit
ungemein guter Laune forderte er Markus auf, seinen Arm
freizumachen und fragte locker, wohl um die peinliche
Stille im Raum zu durchbrechen:

„Na, auf 'ner Party gewesen?" Markus reagierte darauf
widerwillig:

„Nein, keine Party!"

Der Arzt war nun neugierig geworden und bohrte deshalb
weiter:

„Nein, keine Party? Dann war es wohl das Bierchen zum
Feierabend?"

Markus hatte von diesen Mutmaßungen langsam genug
und stellte klar:

„Meine Frau betrügt mich, und ich habe sie dabei auch
noch beobachten können! Das ist der Grund für meinen Al-
kohol-Pegel!"

Jetzt wurde der junge Arzt hellhörig:

„Hm, ich verstehe. Es handelte sich also um Frust-Saufen,
wenn ich Sie richtig interpretiere?"

Markus antwortete darauf bockig:

„Wenn Sie so wollen: Ja!"

Nun schaute er Markus mit ernster Miene an:

„Nur, weil es Ihnen schlecht geht, gefährden Sie andere
Menschen? Oder kann man diese Trunkenheitsfahrt als Sui-
zid-Versuch werten, Herr Niggemeier? Wollten – oder besser gesagt – wollen Sie sterben?"

Markus' Augen blitzten bei diesen Fragen des Arztes gefährlich auf. Und ohne lange zu überlegen, erläuterte er in
aller Deutlichkeit:

„Nein, ich wollte nicht sterben, Herr Doktor! Aber ich wurde demontiert: zuerst durch meine Frau, die mich so sehr enttäuscht hat, und dann durch die Polizeibeamten, die mich bei meiner Alkoholfahrt erwischt haben und hierher verbrachten. Und letztendlich werde ich von Ihnen demontiert, dem Arzt, der durch sein Test-Ergebnis meine Schuld vor Gericht beweisen wird. Jetzt erklären Sie mir doch bitte einmal, wie ich so weiterleben soll? Da hat mein Leben doch keinen Sinn mehr!"

Der junge Arzt war auf einmal überhaupt nicht mehr locker und freundlich:

„Herr Niggemeier, das hört sich für mich alles sehr merkwürdig an. Sie geben den Polizeibeamten und mir die Schuld daran, dass es Ihnen schlecht geht. Dabei sind Sie doch, und kein anderer, betrunken ins Auto gestiegen und haben so andere Menschen gefährdet. Dafür werden Sie demnächst vor Gericht zur Verantwortung gezogen. Warum Ihre Frau Sie betrügt, geht mich nichts an. Doch ich denke mal, auch in dieser Angelegenheit tragen Sie bestimmt einen Anteil der Schuld. Da Sie mich gefragt haben, wie Sie denn so weiterleben sollen, muss ich davon ausgehen, dass Sie vorhaben, sich etwas anzutun. Wie soll man das denn sonst verstehen? Ich kann Sie also nach der Blutentnahme nicht einfach gehen lassen, sondern werde Sie zu Ihrem eigenen Schutz in eine Klinik einweisen lassen."

Über die Aussage des Arztes empörte sich Markus dermaßen, dass sich seine Wangen vor Zorn röteten. Dann protestierte er laut und voller Erregung:

„Sie können mich doch nicht in eine Nervenklinik einweisen! Ich bin ganz normal – ein ganz normaler Mann, so normal wie Sie!"

Statt seinen Patienten zu beruhigen, begann der Amtsarzt nun, Markus zu provozieren. Denn es interessierte ihn, wie dieser sich wohl wehren würde. Er stichelte:

„Das wage ich aber zu bezweifeln! Ich würde ganz bestimmt nicht besoffen in der Gegend rumfahren, wenn meine Frau mich betrogen hätte. Ich würde vielmehr, wie jeder gesittete Mensch, das Gespräch mit meiner Frau suchen, um eine Lösung für die Ehekrise zu finden."

Nun hatte Markus den Eindruck, dass alles aus dem Ruder laufen könnte. Deshalb gab er zu bedenken:

„Mensch Doktor, es ist Ihnen doch überhaupt nicht möglich, sich in meine Lage hineinzuversetzen! Vielleicht bleiben Sie immer in allen Lebenslagen ruhig. Aber es sind ja nun einmal nicht alle Menschen gleich. Ich bin ein Mensch, der impulsiv reagiert und der aktiv im Leben steht. Auf meiner Arbeitsstelle bin ich wegen meiner Wesensart sehr beliebt."

Der junge Arzt aber gefiel sich in seiner Rolle des Überlegenen:

„Ich möchte nicht mit Ihnen darüber diskutieren, welche Eigenarten Menschen haben, oder um Nebensächlichkeiten feilschen. Ihrer Aussage nach ist Ihr Leben sinnlos geworden. Und dies lässt mich vermuten, dass Sie sich etwas antun wollen. Das bedeutet: Sie müssen erst einmal in eine Klinik. Dort wird man dann mit Ihnen sprechen. Wenn sich herausstellen sollte, dass Sie nicht an einer psychischen Störung leiden, wird man Sie entlassen."

Auf Weisung des Arztes hielt Markus seinen Arm bereitwillig hin. Er wehrte sich nicht gegen die Blutentnahme. Anschließend verließ der junge Arzt ohne Verabschiedung den Raum. Mit glanzlosen Augen schaute Markus auf den abgenutzten Linoleum-Boden – kaum mehr in der Lage, einen klaren Gedanken fassen zu können.

Es dauerte nicht lange, bis ein Polizeibeamter in Begleitung zweier weiß gekleideter Sanitäter in den Untersuchungsraum kam. Fast flüsternd stellte der Polizist, den beiden Sanitätern zugewandt, fest:

„Das hier ist Herr Niggemeier. Ihm geht es im Augenblick nicht so gut." Die Sanitäter nickten nur und sprachen danach Markus freundlich an:

„Herr Niggemeier, wollen Sie bitte mitkommen? Bei uns wird Ihnen geholfen." Markus antwortete trotzig:

„Nein, ich möchte nicht mitkommen! Aber, wie mir der junge Arzt schon prophezeite, bleibt mir wohl gar nichts anderes übrig. Ich kann hier nur wiederholen, dass ich mich nicht umbringen möchte!" Der Sanitäter erwiderte immer noch freundlich:

„Herr Niggemeier, wir sind nur Sanitäter. Wenn wir Sie jetzt gehen ließen und Sie würden sich anschließend etwas antun, wären wir die Schuldigen. Wir verlören dann unseren Job. Und außerdem bekämen wir noch eine Anzeige wegen unterlassener Hilfeleistung. Sie wollen uns doch wohl nicht einer solchen Situation aussetzen, oder? Wir nehmen Sie jetzt mit ins Krankenhaus. Dort wird Sie ein Arzt untersuchen. Wenn der Sie für gesund hält, dürfen Sie natürlich nach Hause."

9

Markus verstand, dass es keinen Zweck hatte zu diskutieren. Also willigte er ein. Mit dem Krankenwagen ging es dann rasch in die städtische Psychiatrie. Die beiden Sanitäter geleiteten Markus durch die Klinik bis zur „Geschlossenen Abteilung". Einer der Sanitäter betätigte den Klingelknopf, der am Rahmen der mit Sicherheitsglas versehenen Glastür befestigt war. Daraufhin eilte eine junge, freundlich lächelnde Krankenschwester an die verschlossene Tür, um sie mit Hilfe eines Schlüssels hineinzulassen. Fast fröhlich bemerkte sie:

„Na, Kollegen, bringt Ihr mir einen neuen Gast?"

Der Sanitäter, der zuvor geschellt hatte, erläuterte:

„Ja, der Herr Niggemeier hat sich vorhin vor dem Amtsarzt etwas unglücklich ausgedrückt. Jetzt gilt er als suizidgefährdet. Aber wenn du mich fragst, dann ist er gesund."

Die Krankenschwester meinte dazu:

„Wenn Herr Niggemeier gesund sein sollte, dann darf er nach der Untersuchung sofort wieder nach Hause. Herr Niggemeier, folgen Sie mir bitte in den Aufnahme-Raum!"

Da es für Markus keine Möglichkeit gab, sich dieser Untersuchung zu entziehen, folgte er der sympathischen Krankenschwester, nachdem sie die Tür vor den Sanitätern wieder abgeschlossen hatte. Auf den Fluren der Station hingen schöne Kunstdrucke mit floralen Abbildungen. Und auch die Räumlichkeiten waren durchaus angenehm gestaltet. Er dachte:

„Ich wäre davon ausgegangen, dass in der Geschlossenen alles in sterilem Weiß gehalten wird. Ist ja ganz wohnlich hier!"

Auf dem Weg zum Aufnahmezimmer kam den beiden ein Patient entgegen:

„Entschuldigen Sie bitte, können Sie mir sagen, wo hier der Ausgang ist?"

Die junge Schwester, deren schöne blonde Haare zu einem Pferdeschwanz zusammengebunden waren, erklärte dem Mann in nettem Ton:

„Aber Herr Vogt, Sie wissen doch, dass der Ausgang schriftlich gekennzeichnet ist! Lesen Sie die Bezeichnungen, dann finden Sie auch den Ausgang."

Der Mann, der an die fünfzig Jahre alt war, trug einen abgewetzten, aber dennoch sauberen Jogginganzug. Mit weit aufgerissenen Augen und offenem Mund nahm er die Antwort der Schwester entgegen. Dann nickte er und machte sich auf die Suche nach dem Schild, auf dem der Hinweis „Ausgang" stehen sollte.

Die Schwester wandte sich nun Markus zu:

„Herr Vogt ist ein Dauergast hier in unserer Abteilung. Er ist leider absolut orientierungslos!"

Nach wenigen Schritten erreichten sie das Aufnahmezimmer. Die Schwester wies mit ihrer Hand in den Raum:

„Hereinspaziert! Bitte setzen Sie sich dort hin. Der Doktor wird in etwa zehn Minuten bei Ihnen sein, Herr Niggemeier."

Markus setzte sich auf den ihm zugewiesenen Stuhl und schaute sich im Aufnahmezimmer um. Auch hier war die Räumlichkeit freundlich gestaltet: vorwiegend warme Farben und Bilder von Blumen oder Landschaften. Markus richtete seinen Blick auf ein Bild, das eine Küstenlandschaft im Sommer zeigte. In dieser Landschaft brechen die grün-blauen Wellen sich am goldgelben Sandstrand. Ein Fischer geht in der Ferne auf seinem Boot der Arbeit nach. Darüber ziehen etliche Möwen ihre Kreise – wohl in der Hoffnung auf Beute.

In ihren gemeinsamen Urlauben hatten Doris und Markus oft derartige Panoramen sehen dürfen. Es ging ihm durch den Kopf:

„Mensch, wir hatten doch so gute Zeiten! Uns hat es ja eigentlich an nichts gefehlt."

Die Wirkung des Alkohols ließ merklich nach. Er bekam Kopfschmerzen, weshalb er sich seine rechte Hand vor die Augen legte und begann, mit Hilfe von Mittelfinger und Daumen seine Schläfen zu massieren. Während er massierte, verspürte er eine leichte Minderung des Schmerzes. Für einen Augenblick vergaß er seine Probleme und den Grund, warum er hier warten sollte.

Ausgerechnet in diesem Augenblick stürmte der Arzt in den Aufnahmeraum und polterte los:

„Na, haben se 'nen Kater?"

Überrascht von dem plötzlichen Auftritt des Arztes schreckte Markus ein wenig hoch. Sofort nahm er die Hand von der Stirn:

„Ja, ich habe leichte Kopfschmerzen. Aber ich denke, das hätte so ziemlich jeder in meiner Situation!"

Der Arzt hatte sich in der Zwischenzeit hinter den Schreibtisch gesetzt und lächelte Markus freundlich an:

„Nun erzählen Sie mir einmal ganz genau, wo der Schuh drückt. Ich würde nämlich sehr gerne wissen, in welcher Situation Sie sich befinden. Danach kann ich erst entscheiden, was mit Ihnen geschehen soll."

Markus schaute den Arzt traurig an:

„Aber was soll ich Ihnen denn sagen? Ich habe zu viel Alkohol getrunken – mehr, als dass ich hätte mit dem Auto fahren dürfen. Dann wurde ich von der Polizei erwischt. Das war es."

Der Arzt, der wesentlich älter als Markus war, zog seine Stirn kraus und sprach ihn in einem Ton an, als würde er mit einem Schuljungen sprechen:

„Ach Herr Niggemeier, da habe ich von meinem Kollegen aber etwas ganz anderes gehört! Wir wollen hier doch bei der Wahrheit bleiben, sonst hat eine Behandlung gar keinen Sinn."

„Herr Doktor", brachte Markus nur hervor, wurde aber sogleich vom Arzt unterbrochen:

„Herr Niggemeier, bitte nennen Sie mich ‚Herr Fromme'. Ich bin kein Doktor, ich bin Arzt." Markus dachte:

„Jetzt fährt dir dieser Idiot auch noch über den Mund. Was will der Affe überhaupt von mir?"

Anschließend erläuterte er seine Situation ziemlich unbeherrscht:

„Herr Fromme, bin ich hier denn im Beichtstuhl? Gut, ich habe gegen das Gesetz verstoßen. Aber deswegen bin ich doch nicht verrückt!"

Herr Fromme schaute Markus nun mit eiskalter Miene an:

„Um das auszuschließen, sind Sie ja gerade hier. Mein Kollege, der Herr Amtsarzt, hat mich über Ihren Zustand informiert. Um es auf den Punkt zu bringen: Er hält Sie für suizid-gefährdet. Und wenn ich jetzt Ihre unterschwellig aggressiven Antworten höre, könnte ich mir schon vorstellen, dass Sie auch Gewalt gegen sich selbst anwenden würden." Markus dachte:

„Jetzt bloß nicht aufregen, sonst weist er dich hier wirklich ein!"

Aber Herr Fromme ließ nicht nach, Markus mit verschiedenen Bemerkungen in Wallung zu bringen:

„Wissen Sie eigentlich, dass Sie auch andere Menschen mit Ihrer Alkoholfahrt gefährdet haben? Aber das interessiert Sie bestimmt nicht, denn hier geht es ja nur um Sie. Die Straßen wurden ja extra für Herrn Niggemeier gebaut. Nur, weil es Herrn Niggemeier schlecht geht, darf er volltrunken diese Straßen unsicher machen, oder wie?"

Da platzte Markus der Kragen. Er antwortete gereizt:

„Denken Sie denn immer an alle anderen, wenn Sie etwas machen? Beim Kaffeetrinken denken Sie doch auch nicht an den ausgebeuteten Kaffeebauern, oder? Oder denken Sie beim Grillen an das arme Rindvieh, welches Ihretwegen geschlachtet wurde? So manches Mal tun wir Dinge, die für andere gefährlich oder gar tödlich sein können, ohne nachzudenken. Das Leben ist nun einmal so!"

Herr Fromme reagierte darauf in seiner seltsam verhaltenen Stimmlage; und seine zur Schau gestellte souveräne Haltung war überhaupt nicht dazu angetan, Markus zu beruhigen:

„Herr Niggemeier, hier geht es nicht um mich, sondern ganz allein um Sie. Mir liegt eine E-Mail meines Kollegen vor, die besagt, dass Sie betrunken Auto gefahren sind und zusätzlich wegen des Einbehaltens Ihres Führerscheins suizid-gefährdet sind. Jetzt erzählen Sie mir bitte die Gründe für die Alkoholfahrt, oder Sie bleiben vorerst unter meiner Beobachtung."

Markus dachte gar nicht daran, seine Gefühlswelt vor Herrn Fromme auszubreiten und erklärte ungehalten:

„Ich hatte halt Durst – und damit basta!" Herr Fromme erwiderte ebenso schroff:

„Und Sie bleiben vorerst in dieser Klinik – und damit basta!"

Dann nahm er den Telefonhörer in die Hand. Mit noch ruhigerer Stimme als zuvor sprach er in den Hörer:

„Schwester Anne, bitte holen Sie Herrn Niggemeier aus dem Aufnahmezimmer ab und führen ihn in sein Krankenzimmer."

Anschließend schaute Herr Fromme Markus tief in die Augen. Fast war es so, als wollte er dessen Gedanken erforschen. In seiner hoffnungslosen Situation brachte Markus nur noch ein „Das ist Freiheitsberaubung!" hervor. Der Arzt nickte und kommentierte den Vorwurf kurz mit:

„Ja, ja."

Beim Verlassen des Aufnahmezimmers ging Markus durch den Kopf, was wohl seine Kino-Helden in einer Situation wie der seinigen gemacht hätten: Rambo hätte Herrn Fromm bestimmt kräftig ins Haar gegriffen, um ihn dann hart mit dem Kopf auf seinen Schreibtisch zu schlagen – und zwar so lange, bis er ihm den Schlüssel für den Ausgang gegeben hätte. Und Jean Paul Belmondo hätte sich bestimmt im Beisein des Arztes ganz lässig eine Zigarette angezündet. Wenn dann vom Arzt ein Hinweis auf das Rauchverbot gekommen wäre, hätte er bestimmt seine Zigarette auf dem Schreibtisch ausgedrückt, den Arzt am Kittel gepackt und ihn kräftig durchgerüttelt.

Als Schwester Anne den Raum betrat, um Markus abzuholen, wurde er aus seinen wilden Phantasien herausgerissen und sich wieder seiner misslichen Situation bewusst. Er dachte kurz darüber nach, was er denn jetzt noch sagen oder tun könnte. Aber nach einer kurzen Abwägung der Vor- und Nachteile ließ er jeden Gedanken an eine verbale oder gar handgreifliche Gegenwehr fallen. Die Schwester säuselte freundlich:

„Herr Niggemeier, wenn Sie mir bitte folgen wollen!"
Markus sagte nur kleinlaut:
„Ja, ich komme ja schon."
Er stand dann umgehend auf und verließ mit der Schwester den Raum, ohne sich vom Arzt zu verabschieden. Beim Gang durch die Station zeigte sie ihm die für ihn wichtigen Räume:
„Da links, das ist der Gemeinschaftsraum mit Fernseher. Dort hinten, das ist unsere Teeküche, wo Sie sich immer Getränke abholen oder sogar selber einen Tee oder Kaffee zubereiten können. Und gleich hier neben den Gäste-Toiletten ist Ihr Zimmer. Sie haben auch einen Mitbewohner. Ich denke, dass Sie sich selbst miteinander bekannt machen werden."

10

Nach kurzem Anklopfen öffnete die Schwester die Tür zu Zimmer 312:
„Hereinspaziert, Herr Niggemeier! Das wird für die nächsten Tage Ihr neues Zuhause sein", erläuterte sie ihm freundlich.
Markus begrüßte den Mitbewohner mit einem „Hallo!" Der lag auf seinem Bett und starrte an die Zimmerdecke. Er brummte nur etwas Unverständliches zurück.
„Herr Niggemeier, das ist Ihr Bett, und das dort ist Ihr Schrank. Sie bekommen nachher noch eine Zahnbürste und Handtücher von mir", erklärte die Schwester ihm zusätzlich, und ging dann aus dem Zimmer.
Erschöpft von den zahlreichen unverhofften Ereignissen

dieses Tages legte sich Markus auf sein Krankenhausbett. Nach einigen Minuten der Stille flüsterte der Zimmerkollege in einem sächsischen Dialekt:

„Du musst hier verdammt gut aufpassen! Wir werden überall beobachtet, und man gibt uns Ruhigsteller."

Markus hatte gar keine Lust zu antworten, aber er fragte dennoch, um nicht unhöflich zu erscheinen:

„Wirklich?"

Jetzt führte der Zimmerkollege seinen starren Blick von der Zimmerdecke weg, wandte sich Markus zu und bemerkte sehr ernst:

„Wir werden beobachtet, überall und jederzeit – egal, ob auf der Toilette oder im Schlaf! Sie hören unsere Telefongespräche ab, und sie kennen unsere Gedanken und Wünsche."

Markus schaute seinen Zimmerkollegen fragend an und entgegnete:

„Die müssen uns hier beobachten: Wir sind doch im Krankenhaus. Ich muss sogar zur Beobachtung hier bleiben." Der aber sah das anders:

„Du hast mich missverstanden, Mann! Ich meine nicht die Krankenhaus-Belegschaft. Ich spreche hier von der Weltverschwörung. Ich kann dir nur eines raten: Nutze dein Handy so wenig wie möglich – nein, nutze es am besten nie! Vermeide es auch, das World Wide Web zu nutzen. Man sammelt nur Informationen über dich, um eines Tages zuschlagen zu können!"

Kaum hatte der Zimmerkollege den Satz ausgesprochen, klopfte es an der Tür und die Schwester trat ein, um Markus eine Zahnbürste, Handtücher und einen Schlafanzug zu bringen. Mit Erscheinen der Schwester war der Zimmerkollege seltsam still geworden. Auch hatte er seinen Blick wieder auf die Zimmerdecke gerichtet. Markus bedankte sich bei der Schwester für die Sachen, die er bekommen hatte.

Nachdem sie das Krankenzimmer verlassen hatte, sprach Markus den Zimmerkollegen an:

„Sag mal, wie heißt du eigentlich? Ich bin der Markus." Der stellte sich ebenfalls vor:

„Gregor Augental. Du darfst ‚Gregor' zu mir sagen."

Markus wollte sodann gern genaueres zu dessen Aufenthalt erfahren:

„Sag mal Gregor, wie lange bist du denn schon hier?"

Gregor überlegte einen Moment und entgegnete:

„Hm, ich glaube, es müssen um die drei Monate her sein, seitdem ich irrtümlicherweise hier eingeliefert wurde." Das fand Markus empörend:

„Mensch Gregor, wenn das ein Irrtum war, dann können die dich doch nicht so lange hierbehalten! Da musst du dir einen Anwalt zu Hilfe holen, der deine Entlassung erwirkt."

Gregor holte nun weiter aus, wobei er aufgeregt gestikulierte:

„Erstens kann ich mir keinen Anwalt leisten, und zweitens bin ich ganz schnell wieder hier, wenn ich draußen die Menschen vor den Datensammlern warnen will. Aber ich muss doch meine Mitmenschen warnen: Die sammeln hier und sammeln. Wenn sie genug gesammelt haben, dann holen sie zum Vernichtungsschlag aus. Die warten nur auf eine passende Gelegenheit, und dann sind wir alle verloren!"

Markus fand diese Gedankengänge eigenartig:

„Aber Gregor, was hätten die denn davon, wenn sie uns vernichten würden?", meinte er zweifelnd und vorsichtig dazu.

Der aber erläuterte fast flüsternd seine Sichtweise:

„Was die davon haben? Mensch Markus, die versklaven uns! Wir sind dann nur noch Arbeitstiere, werden mit minderwertigem Fraß abgefüttert und malochen für unseren neuen Herrscher."

Markus musste sich währenddessen ziemlich anstrengen, um mit Gregors Akzent zurechtzukommen. Er fragte dann auch noch zweimal nach, um die Zusammenhänge verstehen zu können.

Anschließend versuchte er, beruhigend auf ihn einzuwirken und zugleich Verständnis für dessen Vorstellungen zum Ausdruck zu bringen:

„Ach Gregor, sorge dich nicht, lebe! Du meinst es ja gut, wenn du deine Mitmenschen warnen willst. Aber indem du sie über die Weltverschwörung meinst aufklären zu müssen, machst du ihnen nur Angst. Dann greifen sie vielleicht zum Telefon und wählen den Notruf 110. Wenn die Polizei kommt und erfährt, dass du den Leuten das erzählt hast, wird man dich mitnehmen. Anschließend stellt der Amtsarzt fest, dass du verwirrt bist – und schon landest du wieder hier, wie du selbst eben ja schon festgestellt hast."

Mit traurigem Gesichtsausdruck fragte Gregor daraufhin:

„Ich kann doch die Menschen nicht in ihr Unheil rennen lassen, oder?"

Weil es ihm sinnlos erschien, darauf mit kritischen Bemerkungen einzugehen, hielt er es für besser, dem Mann vorzuspielen, dass er ihn ernst nimmt:

„Nein, das darfst du nicht! Ein Mensch muss das tun, was er für richtig hält. Mach ruhig weiter so, wenn du glaubst, dass du es tun musst. Dann kannst du dir nichts vorwerfen, wenn die Invasion beginnt."

Verwirrt schaute Gregor seinen Zimmergenossen an und meinte erstaunt:

„Das hat mir noch keiner gesagt! Ich danke dir herzlich dafür. Du hast recht: Ein Mensch muss das tun, was er tun muss."

In diesem Augenblick klopfte es wieder an der Tür des Krankenzimmers. Kurz darauf trat Schwester Anne mit einem Tablett in den Händen ins Zimmer:

„Abendbrot, die Herren!"

Nachdem sie die beiden Zimmergenossen mit dem Abendessen versorgt hatte, teilte sie Markus mit:

„Wir haben vorhin Ihre Frau telefonisch erreicht. Sie wird morgen früh mit Ihrem behandelnden Arzt Kontakt aufnehmen. Was Sie wohl noch nicht wissen können: Sie dürfen in den ersten 14 Tagen Ihres Aufenthaltes keinerlei Besuch empfangen. Bei Alkoholismus, Suchtproblemen und Suizidversuchen wird das immer so gehandhabt."

Voller Wut fuhr Markus sie an:

„Sie haben was? Sie haben meine Frau informiert? Haben Sie meiner Frau etwa gesagt, dass ich mich in der Psychiatrie befinde?"

Die Schwester, die mit einer solchen Reaktion nicht gerechnet hatte, antwortete unsicher:

„ J… ja, das habe ich wohl."

Sich so etwas anhören zu müssen, traf Markus zutiefst:

„Sind Sie denn des Wahnsinns? Wie können Sie mich bei der Person, wegen der ich hier eingeliefert wurde, so schlecht machen? Meine Frau wird voller Schadenfreude über mich triumphieren. Jetzt wird sie überall herumerzählen, dass ich verrückt bin!"

Daraufhin erläuterte ihm die Schwester:

„Ihre Frau muss doch wissen, wo Sie sind! Wo kämen wir denn sonst hin? Ihre Frau wird sich Gedanken machen, was mit Ihnen los ist. Wir müssen doch die direkten Verwandten informieren. Da gibt es Richtlinien, und die habe ich eingehalten!" Markus reagierte darauf nur mit:

„Blöde Kuh!"

Sie schaute Markus böse an, drehte sich dann auf dem Absatz um und verließ das Krankenzimmer.

Einige Minuten später klopfte es abermals an der Zimmertür. Ein Pfleger, der mehr an einen Wandschrank als an einen Menschen von durchschnittlicher Gestalt erinnerte, betrat das Zimmer. Mit einer sanften Stimme, die so gar nicht recht zu dieser Person passte, kündigte er an:

„Herr Niggemeier, ich habe hier etwas für Sie. Davon schlafen Sie gut, und es wirkt auch ansonsten beruhigend."

Der Pfleger hielt Markus ein Schälchen hin, in dem sich eine große Tablette befand. Markus, der endlich seine Ruhe haben wollte, nahm die Tablette aus der Schale, warf sie in seinen Mund und spülte sie mit dem noch heißen Tee hinunter. Er schaffte es gerade noch, sein Abendbrot aufzuessen, da überfiel ihn eine bleierne Müdigkeit.

Am nächsten Morgen wurde er von der Schwester geweckt, die das Frühstück brachte – mit einem herzlich ausgerufenen:

„Guten Morgen die Herren, es gibt Frühstück!"

Markus, der sehr tief und traumlos geschlafen hatte, musste sich zuerst orientieren, bevor ihm bewusst wurde, dass er sich im Krankenhaus befand. Ihm kamen all die Vorkommnisse des gestrigen Tages wieder hoch. Kleinlaut sprach er leise vor sich hin:

„Nein, oh nein! Nein, das darf doch wohl nicht wahr sein!"

Im Hintergrund hörte er Gregor, wie dieser den Kaffee schlürfte und schmatzend ein Brötchen verzehrte.

11

Markus wollte sich vor dem Frühstück zuerst einmal waschen. So hielt er es immer, und so sollte es auch bleiben. Als er vor den Spiegel trat und seine schwarzen Augenringe musterte, stieg die nackte Angst in ihm hoch. Er dachte daran, was denn jetzt wohl werden würde – aus seiner Ehe, aus seiner Arbeitsstelle, und ganz einfach aus seinem Leben. Angewidert von sich selbst drehte er den Wasserhahn auf und ließ in seine zum Becken geformten Hände kaltes Wasser laufen.

In dieses kalte Wasser drückte er sein Gesicht, um das Wasser mit beiden Händen dann von dort aus bis zum Nacken zu verteilen. Er wiederholte diesen Vorgang mehrfach. Fast war es so, als wolle er den Frust wegwaschen – sich reinwaschen von dem ganzen Dreck, der ihn belastete.

Und es tat ihm gut, das kalte Wasser. Es erfrischte ihn ungemein. Auch seine Gedanken wandelten sich – weg vom traurigen, schläfrigen Zurückschauen, hin zum glasklaren Vorausschauen. Markus fühlte sich auf einmal nicht mehr ohnmächtig ausgeliefert und in depressiver Stimmung. Vielmehr spürte er in aller Deutlichkeit, dass er dabei ist, seine alte Stärke und die Tatkraft zurückzugewinnen, die ihn immer ausgezeichnet hatte. Er richtete sich gerade auf und hielt seinen linken Arm mit geballter Faust nach vorn gegen den Spiegel. Dabei malte er sich den Weg aus, den er würde gehen müssen:

„Nein, die Ehe mit Doris ist am Ende. Da wird es keine zweite Auflage mehr geben. Unter diese ganze Sache mache ich einen Schlussstrich, und zwar endgültig. Niemand soll mich mehr demütigen können. Und ich lasse mich hier auch nicht weiterhin behandeln, als sei ich geistesgestört. Ich fange auf der Stelle ein neues Leben an, und zwar ohne lange zu fackeln! Jawohl: ein neues Leben!"

Dann widmete er sich seinem Frühstück und genoss mit allen Sinnen den ersten Kaffee seines neuen Lebens:

„Wenn ich hier rauskomme – und ich komme irgendwie bestimmt raus –, dann gehe ich zuerst ganz woanders hin. Ja genau: Ich ziehe in irgendeine Großstadt. Dort werde ich meine Verhältnisse grundlegend ändern. So wie bisher kann es nicht weitergehen", nahm sich Markus vor, um vor sich selbst als jemand bestehen zu können, der auch nach Niederschlägen nicht aufgibt, sondern tatkräftig alle Schwierigkeiten meistert.

Diese Haltung hatten ihm seine Eltern beigebracht, als er einmal mit seinem kaputtgefahrenen Fahrrad nach Hause gekommen war. Er brach damals in bittere Tränen aus, weil sein geliebtes Rennrad bei einem Sturz erheblich beschädigt worden war. Seine Eltern vermochten ihn kaum zu trösten, bis ihm seine Mutter den Rat gab:

„Lieber Markus, man kann stürzen – und das in jeder Lebenslage! Aber eines darf man nicht: Man darf das Aufstehen nicht vergessen. Also jetzt hör auf zu weinen! Dein Vater schaut sich das Rad an. Und wenn er es reparieren kann, dann wird er es tun. Wenn nicht, geben wir es zur Reparatur."

Markus' Vater hatte sich dann das verbogene Fahrrad vorgenommen und war damit in seiner Werkstatt verschwunden: Er baute das krumme Vorderrad aus und kaufte einfach ein neues. Später, als er das reparierte Rad seinem Sohn präsentierte, sagte die Mutter:

„Siehst du, Markus, solche Dinge lassen sich wieder in Ordnung bringen. Doch die Hauptsache ist, dass dir nichts passiert ist. Du bist nicht so einfach zu ersetzen wie das Vorderrad deines Fahrrades. Und nochmals: Man kann stürzen, aber man muss versuchen, wieder aufzustehen und nach vorn zu blicken. Das gilt für alles im Leben – egal, was passiert!"

Diesen Satz seiner Mutter hatte Markus verinnerlicht. Und bei dem Frühstück im Krankenhaus waren ihre Äußerungen ihm präsent wie nie zuvor. Sein Streben war dadurch jetzt ganz klar auf die Zukunft gerichtet, auf eine erwünschte bessere Zukunft:

„Mensch, ich bin gesund und habe noch Erspartes auf der Seite liegen. Mir liegt die Welt zu Füßen! Es ist noch alles drin. Ich werde nun so richtig aufdrehen!"

Er machte das kleine Radio an, das in das Nachtschränkchen des Krankenhauses integriert war. Aus dem Radio ertönte leise: „Ich will Spaß, ich geb' Gas …"

Sofort meldete sich Gregor:

„Mach doch das Radio aus! Auch mit den Dingern hören die uns ab!"

Markus musste ein wenig schmunzeln. Aber er tat seinem Zimmerkollegen den Gefallen und schaltete das Gerät umgehend aus. Anschließend frühstückte er schnell und kleidete sich an, um dann das Zimmer zu verlassen.

12

Neugierig auf die Menschen, die mit ihm auf dieser Station lagen, ging er über den Flur. Mit ihm auf dem Flur lief der Orientierungslose seine Runden, der wie an jedem anderen Tag nach dem Ausgang suchte.

Durch ein Fenster konnte Markus in den Aufenthaltsraum blicken. Dort saß eine junge Frau vor dem Fernseher und schaute sich eine Sendung an. Er ging in den Raum, stellte sich neben den Sessel, auf dem die Frau saß, und fragte:

„Darf ich?"

Dabei deutete er auf den freien Sessel, der in direkter Nachbarschaft der jungen Frau stand. Lächelnd entgegnete sie mit ruhiger Stimme:

„Aber klar doch!"

Markus setzte sich und schaute, Interesse vortäuschend, auf den Bildschirm. Es lief die Sendung „Frauentausch", in der Frauen über mehrere Wochen ihre Familie wechseln mussten.

Dann schaute er sich die Frau, die neben ihm saß, aus den Augenwinkeln genauer an: Seiner Einschätzung nach hatte sie ungefähr das gleiche Alter wie er. Schönes blondgelocktes Haar hatte sie, aber ihr Gesichtsausdruck war absolut emotionslos. Auch als es in der Fernsehsendung richtig lustig wurde, änderte sich ihr Ausdruck nicht.

Eher beiläufig erkundigte er sich nach ihrem Aufenthalt in der Klinik, nur um irgendetwas zu sagen:

„Seit wann sind Sie denn schon hier interniert?"

Die Frau wandte sich Markus zu und schaute ihn mit ihren großen grünen Augen an. Dann korrigierte sie überraschenderweise aber seine Wortwahl und erläuterte ihm:

„Als ‚Internierung' würde ich das hier nicht bezeichnen. Man hat mir an diesem Ort in schwerer Zeit sehr geholfen."

Markus zeigte sich erstaunt und bekannte ganz offen, was seine eigene Situation anging:

„Wenn auch ich das doch einmal bezeugen könnte! Ich hatte wegen familiärer Probleme einen über den Durst getrunken und bin mit dem Auto gefahren. Dabei wurde ich von der Polizei erwischt. Von der Polizei wurde ich dann zum Amtsarzt verbracht. Und bei der Untersuchung habe ich eine dumme Äußerung gemacht. Der Arzt vermutete bei mir ein Suizid-Vorhaben und ließ mich hier zur Überwachung einweisen."

Darauf meinte die Frau:

„Na, dann sind Sie ja bald wieder zu Hause."

Ohne lange zu überlegen kam von Markus die Reaktion:

„Ich weiß gar nicht, ob ich das überhaupt noch will."

Die Frau schaute ihn freundlich und etwas irritiert an:

„Ich verstehe: familiäre Probleme!"

Dies konnte Markus nur allzu sehr bestätigen:

„Ja genau, ich habe leider die falsche Frau geheiratet. Ich weiß erst seit gestern, wie sehr mich meine Frau hintergeht."

Sie hörte sich ruhig an, was er mitteilte, und schlug vor:

„Meinen Sie nicht, dass Sie zuerst doch ein Gespräch mit Ihrer Frau führen sollten?"

Wenn auch mit einem einschränkenden „Aber" sah Markus das grundsätzlich nicht anders:

„Das stimmt. Ein Gespräch muss ich noch mit meiner Frau führen, aber nicht jetzt! Im Augenblick möchte ich sie nicht sehen oder hören." Die Frau fragte daraufhin nach:

„So sehr wurden Sie verletzt?"

Ohne weiter auszuholen, äußerte Markus dazu nur kurz:

„Ja, sehr!"

Nach ihren Andeutungen zu „schwerer Zeit" war ihm im Moment mehr daran gelegen zu erfahren, wie es eigentlich um sie stand, statt weiter von sich zu erzählen:

„Aber sagen Sie, was hat Sie denn hierher verschlagen? Sie wirken nun mal gar nicht so, als seien Sie krank."

Prompt kam von ihr eine Antwort, die er nicht erwartet hatte:

„Da haben Sie einen ganz falschen Eindruck. Ich bin sehr, sehr krank."

Markus äußerte daraufhin erstaunt:

„Wirklich so krank? Das kann ich mir gar nicht vorstellen!" Ohne jede Betonung fügte sie hinzu:

„Ich bin tot."

13

Markus war von der Antwort derart schockiert, dass er ganz still blieb. Die Frau deutete dann mit ihrem Zeigefinger auf ihr Herz:

„Dort bin ich tot. Ich kann nichts mehr fühlen!" Markus fragte nach:

„Wodurch oder wie sind Sie denn nur in diesen Zustand versetzt worden?" Darauf machte sie die Bemerkung:

„Wollen Sie sich das wirklich antun? Meine Geschichte lässt sich nicht in fünf Minuten erzählen. Außerdem weiß ich gar nicht, ob ich dafür die Kraft aufbringen kann."

Das berührte ihn sehr und machte ihn neugierig. Auch fand er die Frau interessant – allein die Art, wie sie auf seine Bemerkungen und Fragen reagierte. Also ermutigte er sie, sich doch zu äußern:

„Ich habe viel Zeit. Wenn Sie sich das zutrauen, erzählen Sie es nur." Dann begann sie:

„Hm, wo soll ich anfangen? Okay, es war vor drei Jahren im Sommer. Mein damaliger Mann und ich waren bei Freunden zum Grillen eingeladen. Da es ein Freitagnachmittag war, wollte unser Sohn etwas mit seinen Freunden unternehmen. Wir aber waren bei unseren Freunden. Das Wetter meinte es an diesem Tag gut mit uns: Es war warm und sonnig.

Wir waren alle gut gelaunt. Die Männer unterhielten sich über eine bevorstehende Krise, und wir Frauen sprachen über die Volkshochschulkurse, die wir belegten. Das Grillfleisch schmeckte uns an diesem Tag besonders gut. Auch der Wein mundete mir und den anderen sehr. Wir saßen bis spät in der Nacht auf der Terrasse unserer Freunde – über uns ein fantastischer Sternenhimmel, und aus der Ferne vom leichten Sommerwind herangetragen: das Zirpen der Grillen. Alles war prima! Ich fühlte mich sehr gut. Ich hatte mir für diese Nacht noch vorgenommen, mit meinem Liebsten zu schlafen. Eine Liebesnacht sollte diese schöne Sommernacht krönen. Mein Mann hatte nichts getrunken. So konnte er uns heimfahren.

Ich weiß es noch wie heute: Ich kraulte ihm während der Fahrt den Nacken und streichelte seinen Oberschenkel. Er schien auch zu ahnen, was ich an diesem Abend noch mit ihm vorhatte, denn er strahlte mich freudig an. Wir fuhren in die Einfahrt, die zu unserer Garage führte, aber mein Mann wollte den Wagen nicht darin parken, sondern sofort mit mir ins Haus. Auf dem Weg zur Haustür neckten wir uns, und er hauchte mir ins Ohr, wie sehr er mich liebe. Wir dachten uns nichts dabei, dass in der Straße ein Polizeiauto parkte. So gingen wir schnell ins Haus – in freudiger Erwartung auf das, was kommen sollte.

Kaum waren wir im Schlafzimmer, da schellte es an der Haustür. Verdutzt machte sich mein Mann auf den Weg, um nachzuschauen, wer um diese Zeit noch bei uns klingelte. Er öffnete – und vor ihm standen zwei Polizeibeamte. Ich hatte oben auf der Treppe gelauscht. Als die Beamten fragten: ‚Dürfen wir eintreten?', eilte ich ebenfalls hinunter.

Mein Mann bat die Beamten herein. Die beiden Herren gingen mit betroffenen Mienen ins Wohnzimmer. Einer der Beamten forderte mich mit besorgtem Gesichtsausdruck auf:

‚Bitte setzen Sie sich, wir haben schlechte Nachrichten für Sie.'

Mein Mann und ich setzten uns auf unser Sofa, und er nahm mich dabei in die Arme. Dann sagte der Beamte traurig:

‚Wir müssen Ihnen mitteilen, dass Ihr Sohn tödlich verunglückt ist! Zusammen mit Ihrem Sohn sind zwei andere junge Männer gestorben. Wegen überhöhter Geschwindigkeit ist ihr Pkw aus der Kurve geworfen worden und an einem Baum zerschellt. Ihr Sohn lebte noch und wurde in ein

Krankenhaus gebracht. Dort ist er aber an den schweren Verletzungen gestorben. Er hatte keine Chance, wie die Ärzte mitteilten.'

In diesem Augenblick glaubte ich, den Verstand verlieren zu müssen. Ich konnte keinen klaren Gedanken mehr fassen. Es war fast so, als hätte ich Gedächtnisausfälle wie nach einem Alkoholrausch. Ich weiß nicht, wann die Beamten gegangen sind und wie ein Notfallseelsorger den Weg zu uns fand. Ich war jedenfalls überhaupt nicht mehr aufnahmefähig.

Mein Mann und ich funktionierten bis zur Beerdigung unseres einzigen Kindes mechanisch. Wir waren gemeinsam zur Identifizierung gefahren. Mein Mann hatte unseren Sohn gleich erkannt, aber ich konnte nicht damit fertigwerden, dass diese schrecklich blasse Figur, die wie eine Schaufensterpuppe aussah, mein Sohn sein sollte. Sodann mussten wir zum Bestatter. Der nahm uns viel von der zu verrichtenden Arbeit ab. Wir bekamen Zuspruch vom Pastor und viele Beileidsbekundungen mit der Post.

Dann kam der Tag, an dem mein Kind beerdigt wurde. In der Nacht zuvor hatte ich einen schrecklichen Alptraum. Mein Sohn war mir erschienen: Er flehte mich an, ich solle ihn nicht verlassen. Ich möge bei ihm bleiben, damit er nicht allein in die Dunkelheit gehen müsse. Sie können sich nicht vorstellen, wie real dieser Traum war – zu real für einen Traum! Mein Sohn versuchte immerzu, meine Hände zu fassen. Aber irgendwas aus der Dunkelheit heraus hinderte ihn daran. Wie von unsichtbaren Kräften wurde er in die Dunkelheit gezogen – bis er ganz verschwand. Nur seine Stimme schallte noch einige Zeit bis zu mir: ,Mama, Mama, lass mich nicht allein …'! Und ich antwortete ihm:

‚Ich komme, Henrik: Ich werde dich nicht allein auf diese Reise schicken. Ich komme, ich verspreche es dir…'.“

Der Frau rannen immerzu die Tränen aus den Augen. Sie ließ sie laufen, ohne sie mit den Händen wegzuwischen. Träne um Träne tropfte auf ihren Rock, bis auf ihm nach und nach kleine feuchte Flecken entstanden.

Markus war von der Geschichte derart gerührt, dass es ihm die Kehle zuschnürte. Deshalb sprach er nicht, sondern legte einfach seine Hand auf ihre. Sie schien abwesend, denn sie blickte Markus beim Sprechen nicht an. Die Frau erzählte dann weiter:

„Als der Sarg in die Tiefe gelassen wurde, dachte ich nicht daran, dass mein Kind darin liegen könnte. Die Gebetsformeln des Pastors drangen nicht zu mir. Es war fast so, als wäre mein Kopf ganz in Watte verpackt. Auch die vielen Menschen, die Abschied von meinem Kind nahmen, hatte ich nicht wahrnehmen können. Mir kam es vor, als würde ich auf der Bühne an einem Trauerspiel mit Laiendarstellern teilnehmen.

Irgendwie schaffte ich es zwar, den schrecklichsten Tag meines Lebens zu überstehen. Aber dann kamen die Nächte: viele Nächte ohne Schlaf, oder Nächte mit Schlaf, aber schlechten Träumen. Immer wieder sprach mein Sohn zu mir, warum ich ihn allein lasse, warum ich mein Versprechen nicht halte, wie dunkel und kalt es im Grab sei, wie er sich fürchte. Und immer, wenn ich mit meinem Mann darüber sprechen wollte, sagte er nur: ‚Hol' dir vom Arzt andere Schlaftabletten! Unser Sohn ist tot, er kann nicht mehr mit dir sprechen!'

Täglich ging ich auf den Friedhof an das Grab meines Sohnes. Dort sprach ich dann mit ihm, berichtete ihm von seiner Freundin, und solche Dinge halt. Danach bin ich immer mit einem sehr schlechten Gewissen nach Hause gegangen. Er lag da unten in der kalten Erde, und ich ging in unser warmes Zuhause. Es darf einfach nicht sein, dass Kinder vor ihren Eltern sterben. Henrik wäre drei Wochen nach dem Unfall 16 Jahre alt geworden. Er hatte seine erste Freundin. Auch in der Schule lief es soweit gut. Aber dann geschah dieser Autounfall. An jedem Wochenende geschehen solche Unfälle, und irgendwelche Eltern verlieren ihre Kinder. Meine Welt brach zusammen.

Irgendwann hörte ich, dass Bilder vom Unfall gemacht worden waren. Dort sah man das total zertrümmerte Auto. Wie ich später erfuhr, wurde eine Person durch die Wucht des Aufpralls aus dem Wagen geschleudert und verlor beide Beine. Es war mein Sohn. Wie lange er dort gelegen hatte, vermochte mir niemand zu sagen.

Als das Wrack entdeckt wurde, soll er noch gelebt haben. Er hatte versucht, sich mit Hilfe seiner Hände vorwärts zu bewegen. Das konnte man anhand der Spuren an der Fundstelle einwandfrei erkennen. Die anderen beiden wurden derart schwer verletzt, dass sie auf der Stelle tot waren. Nur einer konnte noch lebendig ins Krankenhaus gebracht werden, wo er dann verstarb. Und das war mein Sohn. Da wurde mir klar, dass er vor seinem Tod noch fürchterlich gelitten haben musste.

Ich bekam einen ganz schlimmen Nervenzusammenbruch, sodass ich zum ersten Mal in diese Klinik gebracht wurde. Hier versorgte man mich zunächst einmal mit ziemlich starken Psychopharmaka. Das half mir natürlich, denn ich schlief nur oder döste vor mich hin. Eine richtige Therapie bekam ich zu der Zeit noch nicht. Man meinte wohl, dass es sich bei meinen Problemen um eine normale Trauerphase handeln würde. So wurde ich als geheilt entlassen.

Aber ich war überhaupt nicht gesund. Kaum war ich wieder zuhause, da bin ich in Henriks Zimmer gegangen. Ich habe an seinem Schlafanzug geschnuppert. Der roch sogar nach Wochen noch nach meinen lieben Jungen. Sofort machte ich mir wieder Vorwürfe: Er lag im Grab und ich lebte – nein, ,leben' konnte man das ja nicht nennen. Ich ,existierte nur' noch irgendwie und wollte nicht mehr. Ich ließ meine Badewanne mit Wasser volllaufen. Danach steckte ich den Föhn in die Steckdose und zog mir meinen Badeanzug an. Das müssen Sie sich einmal vorstellen: Ich zog mir einen Badeanzug an, damit mich die Rettungskräfte nicht nackt vorfinden würden.

Für meinen Mann hatte ich einen Abschiedsbrief zusammen mit seinen Pausenbroten in die Butterbrotdose getan. Genau zu seiner Frühstückspause sollte er ihn finden. Also plante ich meinen Selbstmord so, dass ich schon zur Pausenzeit tot sein sollte. Ich setzte mich in die Wanne, die mit warmem Wasser aufgefüllt war, sprach ein Gebet, schloss die Augen und ließ den Föhn ins Wasser fallen."

Die Frau fing an zu lachen. Sie konnte sich fast nicht mehr kontrollieren. Doch dann erzählte sie kichernd weiter:

„Und was denken Sie, was passiert ist? Es hat einmal leise ,pitsch' gemacht –: Das war es! Was ich bis dahin nicht wusste: Mein penibler Mann hatte moderne, superflinke Sicherungen in unseren Sicherungskasten einbauen lassen. Und dieser Sicherheitsfanatiker hat dazu noch einen superteuren Föhn mit automatischer Stromunterbrechung gekauft. Sie müssen wissen, dass so etwas sehr selten auf dem deutschen Markt zu bekommen ist.

Also außer dieses Pitsch-Geräusch habe ich nichts wahrnehmen können. Es hat noch nicht einmal im Zeh gekribbelt. Aber dann ging es los: Ein Streifenwagen kam mit Blaulicht vorgefahren. Es wurde Sturm geschellt. Ehe ich mich versah, kam auch die Feuerwehr angerauscht, um die Haustür zu öffnen. Es gab einen dumpfen Knall. Dann hörte ich, wie schwere Stiefel die Treppe hinaufstapften. Immer wieder riefen kräftige Männerstimmen:

‚Frau Bauer, Frau Bauer, wo sind Sie? Frau Bau…?'

Schnell war die Badezimmertür, die ich zuvor abgeschlossen hatte, aufgebrochen. In diesem Augenblick war ich natürlich froh, dass ich mir einen Badeanzug angezogen hatte."

Die Frau lachte abermals, um dann fortzufahren:

„Wieder landete ich hier, aber dieses Mal bekam ich nicht nur Medikamente, sondern eine richtige Therapie. Der Psychiater hielt mit mir lange Sitzungen ab, in denen er auch Ratschläge unterbreitete. Er redete mir zum Beispiel in der Weise gut zu:

‚Frau Bauer, Sie dürfen trauern –: nein, Sie müssen trauern! Trauerarbeit ist ganz wichtig, Sie dürfen sich aber nicht selber vernichten.' Hierzu meinte ich, klarstellen zu müssen:

‚Herr Doktor, ich habe so viel geweint, unglaublich viele schlaflose Nächte hinter mir und so viel Unverständnis durch meine Mitmenschen erfahren, dass ich keine Kraft mehr habe. Sie können mir glauben: Trauern kostet unglaublich viel Kraft. Und meine Kräfte sind aufgebraucht. Ich will zu meinem Sohn, denn er fürchtet sich.' Ich wurde dann dahingehend belehrt:

‚Aber Frau Bauer, Ihr Sohn fürchtet sich ganz bestimmt nicht. Dass Sie keine Kraft mehr haben, glaube ich Ihnen. Sie müssen sich ihre Kraft einteilen. Wir werden versuchen, Ihnen dabei zu helfen. Ich denke, wenn wir es Ihnen ermöglichen durchzuschlafen, werden Sie schnell wieder bei Kräften sein.'

Gern hätte ich dem Doktor geglaubt; aber ich wusste insgeheim schon während des Gesprächs, dass er mir nicht werde helfen können. Und so war es ja letztendlich auch. Denn wie Sie sehen, sitze ich schon wieder hier."

Markus war sichtlich erschüttert von ihrer Schilderung. Nach einigen Minuten der Stille äußerte er:

„Was Ihnen widerfahren ist, tut mir wirklich leid. Aber glauben Sie wirklich, dass der Freitod die richtige Lösung ist? Es gibt doch unzählige Dinge, die unser Leben trotz schwerer Schicksalsschläge wertvoll und lebenswert machen. Denken Sie doch auch an Ihren Mann, der nach Ihrem Freitod mit zwei toten Familienmitgliedern hätte fertig werden müssen. Wollten Sie Ihrem Partner das antun?"

Die Frau schaute ganz traurig, als sie sich nun dazu veranlasst fühlte, auch noch etwas Unangenehmes zu dem späteren Verhältnis zwischen ihr und ihrem Mann hinzufügen zu müssen:

„Ach, ich hatte es noch nicht erwähnt: Wir – mein Mann und ich – haben uns irgendwann gar nicht mehr gut verstanden. Ich wollte über den Tod unseres Sohnes sprechen, aber er konnte das immer weniger ertragen. Er blieb ständig länger auf seiner Arbeitsstelle. Wenn er nach Hause kam, werkelte er in seinem Hobbykeller oder ging schlafen.

Wir gingen uns aus dem Weg – erst unbewusst, dann aber absichtlich. Wenn wir doch mal aufeinandertrafen, herrschte Schweigen, oder wir redeten über Belanglosigkeiten – jedenfalls nicht über unsere Beziehung.

Erst sehr spät merkte ich, dass er schon länger eine Geliebte hatte. Denn ich wurde einmal unabsichtlich Zeugin, als er spät abends ein Telefongespräch führte. Der Inhalt des Gespräches war so eindeutig, dass er erst gar nicht versuchte zu leugnen, als ich auf mich aufmerksam machte. Er gestand mir dann, dass er ein neues Leben beginnen wolle."

Markus schwieg eine Weile und blickte betroffen nach unten. Dann schaute er die Frau ernst an:

„Wir wissen jetzt schon so viel voneinander. Dabei habe ich mich ja noch gar nicht bei Ihnen vorgestellt. Ich heiße Markus Niggemeier und komme aus der Nähe von Lichtenau. Wenn Sie mögen, dann können Sie ‚Markus' zu mir sagen." Sie ging darauf ohne zu zögern ein:

„Ja Markus, das möchte ich gern. Ich heiße Carla Bauer, für dich natürlich einfach nur Carla."

Daraufhin gaben sie sich die Hand – beide etwas verlegen lächelnd.

„Carla, weißt du denn, was du machen möchtest, wenn du entlassen wirst?"

„Zuerst besuche ich den Friedhof, um Henriks Grab herzurichten, und dann…."

„Was dann?", fragte Markus, worauf sie vage andeutete:

„Dann werde ich mich endgültig auf die Reise machen!"
Er verstand sofort, wie das gemeint war:

„Kann ich dich denn nicht zu einer anderen Lösung überreden?", äußerte er kleinlaut. Aber Carla beharrte darauf:

„Ich glaube, es gibt keine andere Lösung!"

Eine solche Haltung, die nun einmal überhaupt nicht seiner Einstellung entsprach, konnte Markus nicht gelten lassen, weshalb er fragte:

„Und wenn doch?"

Nun war es Carla, die nachhakte:

„Markus, was soll es denn da für eine Lösung geben?"

Ohne allzu deutlich zu werden, kündigte er umgehend an:

„Das kann ich dir nicht mit Worten umschreiben: Ich müsste es dir zeigen!"

Carla jedoch verwies sofort wieder auf das, was sie ständig bedrückte:

„Ach ja, du willst mir zeigen, wie ich aus diesem tiefen Loch herauskomme? Aber ich kann Henrik nicht allein lassen. Ich hab es ihm doch versprochen!"

Da es Markus widerstrebte, derartige Gedanken zu akzeptieren, antwortete er:

„Ich glaube nicht, dass dein Sohn dir dieses Versprechen abverlangt."

Sie aber ließ sich nicht beirren und warf Markus vor:

„Du kennst Henrik doch überhaupt nicht! Wie kannst du dann behaupten, dass er mich nicht bei sich haben will?"

Für Markus war nun der Punkt erreicht, deutlicher zu werden:

„Nein Carla, ich denke, dein Sohn verlangt oder erwartet nichts von dir. Vielmehr glaube ich: Henrik möchte, dass du dein Leben weiterführst, um es zu vollenden. Jeder von uns hat ein Recht zu leben, wenn er sich nicht eines ganz schlimmen Verbrechens schuldig gemacht hat. Dann kann er doch noch eine vernünftige Aufgabe erfüllen – auch für andere."

„Vielleicht hast du nicht ganz unrecht", meinte sie nun, plötzlich etwas einlenkend, „aber ich habe keine Kraft mehr, um irgendeine ,Aufgabe erfüllen' zu können, wie du dich ausdrückst".

Markus überging ihre Bemerkung mit dem Vorschlag:

„Zunächst kannst du dich hier etwas ausruhen."

Dazu jedoch verwies sie wiederum auf ihren Zustand:

„Ich kann doch so schlecht schlafen. Mit jedem Tag werde ich schwächer!"

„Verlang nach Schlafmitteln. Ich lasse mir etwas für dich einfallen."

„Ja, ich werde nach Schlafmitteln fragen. Ich bin sehr gespannt, wie du mir helfen möchtest."

Markus versuchte, ihr Mut zu machen. Er nahm nun auch kein Blatt mehr vor den Mund, was sein Vorhaben anging:

„Warte nur ab, Carla! Mir fällt schon etwas ein. Nur lass dir gesagt sein, dass du dich bereithalten musst für den Fall, dass es losgeht. Wir werden fortgehen und dann keine langfristigen Termine hinlegen können. Denn wenn es losgeht, geht es schnell los – von jetzt auf gleich!"

Dass sie damit sofort einverstanden war, erstaunte ihn sehr. Denn hiermit hatte er nun überhaupt nicht gerechnet:

„Du weißt doch, dass ich keine großartigen Pläne mehr habe. Ich bin also immer bereit."

Markus schlug daraufhin ohne Umschweife vor:

„So, ich gehe jetzt erst einmal auf mein Zimmer! Die Visite wird bestimmt gleich durch die Station ziehen, und ich will doch noch mit einem Arzt sprechen. Bist du nachher wieder im Gemeinschaftszimmer?"

„Wenn du möchtest, treffen wir uns hier etwa eine Stunde nach dem Essen, kurz nach dreizehn Uhr."

„Ja, so machen wir es."

„Ja Markus, bis nachher."

14

Markus ging in sein Zimmer zurück. Dort wurde er schon von seinem Zimmergenossen erwartet:

„Mensch Markus, wo warst du denn so lange? Wollen wir Karten spielen?" Der teilte daraufhin mit:

„Ich war im Gemeinschaftsraum und habe ein wenig Fernsehen geschaut." Gregor hatte hierzu seine eigene Auffassung:

„Du hast dich von dieser dämlichen Propaganda berieseln lassen? Auch das Fernsehprogramm hat nur eine Aufgabe: Es soll dich gefügig machen!"

Das war Markus denn doch zu viel:

„Mensch Gregor, du darfst nicht hinter jedem Baum ein Monster vermuten. Ein wenig Misstrauen ist ja in Ordnung –: Aber ich denke, du übertreibst da ziemlich!" Gregor fuhr jedoch fort:

„Du wirst ja sehen, wenn es soweit ist! Die Medien werden auch von den Aggressoren kontrolliert. Du glaubst mir ja nicht. Du wirst schon …!"

Dann legte sich Gregor wieder aufs Bett, um an die Zimmerdecke zu starren. Markus ging an seinen Schrank, holte die Jeansjacke hervor, öffnete die linke Brusttasche und fuhr dann mit seinen Fingern hinein. Lächelnd zog er eine Kreditkarte hervor. Für ihn war klar, dass diese Karte Freiheit bedeutete. Schnell schob er die Karte zurück in die Jackentasche. Ihm war bewusst, dass sie auf keinen Fall verloren gehen dürfte und er aufpassen müsste, dass man sie ihm nicht gar abnimmt.

Es dauerte nicht lange, da klopfte es an der Tür: Eine Karawane von Ärzten in weißen Kitteln trat ins Krankenzimmer. Der Chefarzt ging auf Gregor zu und begrüßte ihn:

„Guten Morgen Herr Augental, wie geht es ihnen?"

Statt den Gruß zu erwidern, beschwerte der sich umgehend mit den Worten:

„Wenn ich ein Einzelzimmer hätte, würde es mir wesentlich besser gehen! Immer bekomme ich Zimmernachbarn, die schon absolut vom System vereinnahmt wurden! Oder setzen Sie diese Personen extra auf mich an, um mich auszuhorchen?" Der Arzt meinte dazu:

„Oh je, Herr Augental, wie kommen Sie denn auf solche Gedanken? Ihr Zimmerkollege, Herr Niggemeier, ist genauso krank wie Sie!"

Hierdurch fühlte sich Markus angegriffen, weshalb er empört darauf reagierte:

„Das wüsste ich aber! Ich bin kerngesund, und ich möchte jetzt sofort entlassen werden!" Von Gregor erhielt er Zuspruch:

„Sehen Sie, Herr Doktor, der ist kerngesund! Den haben Sie doch auf mich angesetzt! Ab jetzt sage ich gar nichts mehr! Auch mit Ihnen spreche ich nicht mehr!"

Dann legte er sich wieder hin und starrte stumpf an die Zimmerdecke. Der Chefarzt wandte sich kurz Markus zu:

„Herr Niggemeier, wer hier als gesund oder krank eingestuft wird, entscheiden immer noch wir, und sonst niemand!" Anschließend sprach er Gregor an:

„Herr Augental, keiner möchte Sie hier aushorchen. Überlegen Sie doch mal? Sie arbeiten als Bürokaufmann in einem kleinen Betrieb. Wer sollte denn Interesse daran haben, Sie auszuhorchen? Finden Sie wirklich, dass Ihre Arbeit so weltbewegend ist?"

Dies veranlasste Markus zu der heftigen Bemerkung:

„Jetzt lassen Sie doch den Herrn Augental mit Ihrem aalglatten Sarkasmus in Ruhe. Sind Sie eigentlich Arzt oder Komiker?"

Unter den Ärzten machte sich Unruhe breit. Man hörte Worte wie „unerhörtes aggressives Verhalten!" und „Der kann noch gewalttätig werden!" Der Chefarzt schaute voller Wut zu Markus hinüber, um dann zu sagen:

„Jetzt wollen Sie hier noch den Verteidiger spielen, wie? Wenn Sie meinen, dass Sie durch ihre Frechheiten schneller entlassen werden, muss ich Sie enttäuschen. Solange Sie sich derart aggressiv verhalten, können wir Sie nicht gehen lassen."

Sogleich wandte er sich nochmals Gregor zu:

„Niemand hört Sie hier ab, verstehen Sie! Ihnen wird hier bestimmt nichts passieren!"

Gregor drehte sich angewidert zur Seite, ohne einen Ton von sich zu geben. Markus äußerte aber lachend:

„Sehen Sie, er glaubt Ihnen nicht!"

Der Chefarzt flüsterte seinen Begleitern zu:

„Ich meine, bei Herrn Niggemeier müssen wir medikamentös beruhigen. Wir werden dies in der anschließenden Stationsbesprechung erörtern."

Zu seinen beiden Patienten gewandt merkte er dann lächelnd an:

„Ich wünsche den Herren noch einen schönen Tag!"

Markus versuchte, sich zu beherrschen und nickte dem Arzt mit einem neutralen Gesichtsausdruck zu, der seine Empörung nicht erkennen ließ. Gregor hingegen legte sich einfach hin, um weiterhin an die Decke zu starren, als die Karawane das Krankenzimmer wieder verließ. Markus dachte voller Wut:

„Was bilden sich diese Arschlöcher eigentlich ein! Denen werde ich es noch zeigen! Heute Abend noch! Die werden schön blöd gucken. Es ist ja eine Unverschämtheit, mich einfach als nervenkrank abzustempeln!"

Als das Mittagessen ins Zimmer gebracht wurde, überreichte der Pfleger Markus eine Tablettenleiste mit den Worten:

„Herr Niggemeier, man hat Ihnen diese Tabletten verordnet. Bitte nehmen Sie die erste Tablette vor dem Essen."

Markus kommentierte das mit

„Was ist das denn für ein Zeug?", worauf der Pfleger erläuterte:

„Das ist ein Beruhigungsmittel." Markus gab sich damit nicht zufrieden:

„Wozu soll ich das nehmen? Ich bin doch ganz ruhig."

Der Pfleger aber ließ nicht locker:

„Die Ärzte sagen etwas anderes. Kommen Sie, nehmen Sie die Tablette, sonst erhalten Sie den gleichen Wirkstoff unter Zwang intravenös."

Daraufhin vermittelte Markus ihm den Eindruck, sich zu fügen:

„Ja, wenn das so ist, nehme ich die Tablette natürlich", sagte er betont freundlich und steckte anschließend eine Tablette in den Mund.

„Recht so", stellte der Pfleger fest und verließ das Krankenzimmer.

Kaum war dieser gegangen, spuckte Markus die Tablette, welche er in der Backentasche zwischengelagert hatte, aus.

„Ich muss hier die Zelte so schnell wie möglich abbrechen, sonst verabreichen die mir doch noch ihre chemische Keule, und ich bleibe für lange Zeit hier", dachte Markus, worauf er sein Mittagessen zu sich nahm.

Anschließend legte er sich aufs Bett und machte ein kleines Nickerchen. Das Nickerchen war aber alles andere als erholsam: Im Schlaf fühlte er sich bedrängt und verfolgt. Er träumte schlecht. Es war fast so, als würde jemand auf seinem Brustkorb sitzen. Denn das Atmen fiel ihm unglaublich schwer.

Wie gerädert wachte Markus auf – völlig verwirrt durch den Traum. Er brauchte einige Minuten, bis er wieder klar zu denken vermochte.

Ob sein unruhiger Schlaf am reichhaltigen Mittagessen oder an seiner geplanten Flucht lag, fragte Markus sich nur kurz. Er hatte keine Lust, das weiter zu ergründen, machte sich vielmehr schnell frisch und zog dann seine Jacke an, um sich in den Gemeinschaftsraum zu begeben.

Markus war ganz allein im Raum. So stellte er den Fernseher an, um die Zeit zu überbrucken, bis Carla kommen würde. Dort lief einer dieser Unterhaltungsfilme. Ein Mann wurde verfolgt, hatte aber keine Chance, den Angreifern zu entkommen.

„Mit mir wird das nicht so laufen", dachte Markus: „Da muss man früher aufstehen. Ich werde das erreichen, was ich mir vorgenommen habe – komme, was wolle!"

15

In diesem Augenblick betrat Carla ganz leise den Raum:

„Hallo Markus, was schaust du dir denn für eine gruselige Sendung an?"

Markus, der Carla nicht hereinkommen gehört hatte, erschrak ein wenig:

„Ach, du bist es! Gut, dass du hier bist. Hole bitte alle nötigen Dinge wie Pass und Handy! Wir gehen gleich!" Sie meinte dazu:

„Damit hatte ich aber jetzt nicht gerechnet. Ich dachte, unsere Flucht braucht ein wenig mehr Vorplanung." Markus reagierte darauf forsch:

„Carla, nicht lange reden! Bitte geh auf dein Zimmer runter und erledige, was zu erledigen ist. Wir treffen uns anschließend wieder hier. UND DANN KOMM DOCH EINFACH MIT! KOMM EINFACH MIT!"

Sie aber äußerte Zweifel:

„Ich weiß nicht, ob wir wirklich abhauen sollten! Wir handeln uns bestimmt 'ne Menge Ärger ein."

Markus reagierte darauf nicht, sondern drängte:

„Los, los Carla, ich möchte dir noch einiges zeigen; und dafür müssen wir hier heraus!"

„Wenn du so darauf bestehst", sagte Carla und ging mit schnellen Schritten in ihr Zimmer.

Dort nahm sie ihre modische Handtasche, in der sich das Mobiltelefon und ihre Ausweispapiere befanden. Außerdem befüllte sie ihren kleinen Rucksack mit frischen Kleidungsstücken.

Als Carla sich wieder im Aufenthaltsraum einfand, war sie ein wenig außer Atem. Markus empfing sie mit einem beruhigenden Lächeln:

„Na, dann wollen wir beiden Hübschen mal!"

Beim Heraustreten auf den Flur begegneten sie Herrn Vogt, der wie gewohnt den Ausgang suchte. Markus hakte sich bei Herrn Vogt ein und schlug freundlich vor:

„Wir begleiten Sie zum Ausgang."

Herr Vogt war über die plötzliche Hilfsbereitschaft sehr verwundert und fragte:

„Du bringst mich zum Ausgang? Wirklich?"

„Ja, Carla und ich führen Sie zum Ausgang."

„Danke! Ihr habt ein gutes Herz. Ich suche schon sehr lange nach dem Ausgang, aber keiner hat ihn mir gezeigt!" Markus wies mit der Hand Richtung Ausgang:

„Sehen Sie da hinten die Glastür? Das ist der Ausgang. Wir führen Sie hin."

Kaum standen die drei vor der Tür, versuchte Herr Vogt, sie zu öffnen. Er wurde nervös und meinte enttäuscht:

„Die Tür ist ja verschlossen!" Markus wies beschwichtigend nach hinten:

„Warten Sie einen Augenblick, ich rufe eine Schwester."

In diesem Augenblick ging eine der jüngeren Schwestern über den Flur. Markus rief:

„Schwester, können Sie bitte einmal kommen, Herr Vogt möchte hinaus!"

Freundlich lächelnd ging die Schwester zu den dreien und sprach Herrn Vogt an:

„Herr Vogt, wollen Sie einen Ausflug machen?"

„Schwester, ich möchte gern einen Ausflug machen, aber die Tür ist abgeschlossen", stellte dieser traurig fest.

„Aber Herr Vogt, Sie wissen doch, dass wir die Tür auch zu Ihrem Schutz abgeschlossen halten."

Ein wenig weinerlich gab er zu bedenken:

„Ich frage mich nur, wie es wird, wenn es mal brennen sollte. Wie kommen wir dann heraus?"

Die Schwester hatte Mitleid mit dem älteren Herrn, griff in ihre Kitteltasche, um ihm den an einer Kette befestigten Schlüssel für die Tür zu zeigen. Sie hielt ihn Herrn Vogt deutlich hin und sagte:

„Sehen Sie, hier ist er! Wir haben doch den Schlüssel. Machen Sie sich bitte deswegen keine unnötigen Sorgen. Und wenn es brennt, öffnen wir sofort die Tür."

In diesem Augenblick griff Markus mit eiserner Hand nach dem Handgelenk der Schwester. Mit der anderen Hand packte er den Schlüssel und riss ihn mit einem kräftigen Ruck an der Kette vom Kittel ab. Nach einer Schrecksekunde begann die Schwester laut zu schreien:

„Hilfe, zu Hiiilfeee!"

Verzweifelt versuchte sie, wieder an den Schlüssel zu kommen. Aber Markus hatte ihr schon den Rücken zugewandt, um die Tür zu öffnen. Herr Vogt klammerte sich verzweifelt an die Krankenschwester:

„Nun lassen Sie ihn doch öffnen. Wir wollen doch alle hinaus! Nun lassen Sie ihn doch …!"

Carla drückte sodann die Krankenschwester von Markus weg. Als die Schwester erneut um Hilfe schreien wollte, hinderte Carla sie daran, indem sie ihre Hand auf deren Mund presste.

Aber der erste Hilferuf war nicht ungehört geblieben, denn einer der Pfleger schaute um die Ecke. Als der Pfleger den Tumult an der Stationstür sah, machte er sich eilig auf den Weg, um seiner Kollegin zu helfen.

Derweil hatte Markus die Tür geöffnet. Dann wandte er sich Carla zu, die immer noch mit der Schwester rangelte. Beherzt griff er nach Carlas Hand und schob sie durch die geöffnete Tür. Als sich Markus abermals umblickte, hatte der Pfleger seine Kollegin erreicht. Mit ausgestreckten Armen versuchte er, nach Markus zu greifen.

Aber ohne lange zu überlegen ballte Markus seine Hand zur Faust und führte diese mit aller Kraft, die er über die Drehung des Oberkörpers bezog, auf die Nase der Pflegers. Mit einem knirschenden Geräusch verschob sich dessen Nasenbeinknochen etwas, und sofort lief Blut aus der verbogenen Nase. Der Pfleger fiel ächzend auf den Rücken. Herr Vogt und die Krankenschwester eilten dem blutenden Pfleger sofort zu Hilfe.

Diese Situation nutzte Markus aus, um durch die offene Tür davonzulaufen. Im Treppenhaus holte er Carla ein, umfasste ihre Hand und rannte mit ihr die Treppen hinunter. Fast atemlos erreichten sie das Erdgeschoss. Dort verlangsamten sie ihre Geschwindigkeit, um kein Aufsehen zu erregen. An der Rezeption legte Markus dann seinen Arm um Carlas Taille. Er wollte den Anschein erwecken, als würde ein Ehepaar das Krankenhaus verlassen. Als die Alarm-Meldung der Geschlossenen Abteilung die Zentrale erreichte, war das vermeintliche Pärchen schon auf dem Weg zum Parkplatz.

16

Dort warteten regelmäßig Taxis auf Kundschaft. Die beiden hatten Glück, denn gerade war wieder ein Taxi vorgefahren. Markus öffnete die Beifahrertür des Daimlers älteren Baujahres und fragte:

„Fahren Sie auch längere Strecken? Wir wollen nach Berlin."

Der Fahrer, der dem Aussehen nach aus Indien stammen musste, antwortete mit leichtem Akzent:

„Ich nehme an, dass Sie einen Festpreis vereinbaren möchten? Ich fahre an die 400 Kilometer für einen Weg. Und wenn ich keine Kundschaft für die Rückreise bekomme, mache ich einen Verlust. Na, für 350 Euro bringe ich Sie nach Berlin."

Markus war einverstanden:

„Abgemacht! Sie bekommen 350 Euro, wenn Sie uns nach Berlin bringen."

Bevor er selbst einstieg, öffnete er die hintere Tür für Carla:

„Bitte einsteigen, es geht nun in die Hauptstadt!"

Carla huschte schnell auf die Rückbank des Wagens – und dort weiter nach hinten, um für Markus Platz zu machen.

Markus schaute sich noch schnell zum Eingang des Krankenhauses um. Dort gingen wie gewohnt Besucher ein und aus. Vom Krankenhauspersonal war nichts zu sehen.

Er rückte an Carla heran und sagte trocken:

„Es kann losgehen!"

Der Taxifahrer setzte das Auto erst langsam in Bewegung. Dann passte er seine Geschwindigkeit dem Verkehr an, verließ den inneren Ring der Stadt und gelangte auf die Autobahn. Carla schaute traurig zu Markus hin und flüsterte:

„Du hast ihn geschlagen!"

„Was hab ich?"

„Du hast den Pfleger geschlagen. Ich hasse Gewalt."

Markus entschuldigte sein Verhalten mit den Worten:

„Auch der Pfleger wollte doch Gewalt gegen mich ausüben", worauf sie einwandte:

„Er wollte dich doch nur festhalten." Aber Markus schätzte das anders ein als sie:

„Nein, er wollte mir meine Freiheit nehmen." Dem widersprach Carla:

„Und deswegen darfst du ihm die Nase zerschlagen?"

Markus ließ auch das nicht gelten:

„Für meine Freiheit würde ich noch viel weiter gehen." Als Carla nachfragte

„Wie meinst du das?", wurde Markus deutlicher:

„Für meine Freiheit würde ich sogar töten!"

Das ging Carla denn doch zu weit:

„Denkst du wirklich, dass deine Freiheit es wert ist, andere Menschen ums Leben zu bringen?"

Aber Markus ließ sich nicht beirren:

„Natürlich ist die Freiheit es wert. Nichts ist schlimmer, als gefangen zu sein bzw. wenn andere Menschen dir ständig ihren Willen aufzwingen und du dich nicht verwirklichen kannst."

Mit dieser Einstellung war Carla überhaupt nicht einverstanden:

„Darum ging es doch gar nicht, Markus. Der Pfleger wollte dich nur zurückhalten. Und du hast ihm die Nase zerschlagen. Aber überleg mal, wenn du ihn getötet hättest. Er hätte ja unglücklich fallen können! Dabei hat er es eigentlich gut gemeint. Ihm ging es darum, die Situation zu entschärfen!"

Aber Markus zeigte sich starrsinnig:

„Er wollte mich gegen meinen Willen festhalten – und das nur, weil er Geld dafür bekommt", was wiederum Carla veranlasste anzuführen:

„Er hat nur seinen Job gemacht."

Markus blieb bei seiner Auffassung und holte sogar weiter aus:

„Das haben auch amerikanische Soldaten gesagt, als sie den Irak angriffen."

Carla empfand ein solches Argument als an den Haaren herbeigezogen:

„Du kannst doch den Krieg nicht mit dieser Angelegenheit vergleichen!"

Markus ließ aber nicht nach:

„Ich habe den Krieg doch gar nicht mit unserer Situation verglichen, sondern nur den Satz: 'Ich habe doch nur meinen Job gemacht' hinterfragt. Den haben nämlich auch schon KZ-Aufseher und SD-Personal angeführt, als sie sich vor Gericht verantworten mussten."

Carla mochte sich das nicht länger anhören und sagte empört:

„Jetzt hör aber mal auf! Das geht mir zu weit."

Dann fügte sie hinzu:

„Ich wäre mit dir niemals abgehauen, wenn ich gewusst hätte, dass du gewalttätig bist."

Als er sah, dass der Wortwechsel zu einem richtigen Streit auszuarten drohte, lenkte er endlich ein und meinte beschwichtigend:

„Ich bin doch nicht gewalttätig! Ich habe mir nur meine Freiheit genommen – vielmehr unsere Freiheit. Du hast mich ja immerhin dabei tatkräftig unterstützt und die Schwester gebremst, auch ihr den Mund zugehalten, was ja in dem Moment gut und richtig war. Tu also bitte nicht so, als seist du überhaupt nicht daran beteiligt gewesen. Gut, ich hätte nicht so heftig zuschlagen müssen. Aber das hat sich aus der Situation heraus halt so ergeben."

Jetzt mischte sich auch noch der Taxifahrer ein:

„So schöner Tag heute, besser nicht streiten!"

Carla zeigte sich von seiner Bemerkung überrascht und äußerte vorwurfsvoll:

„Hören Sie immer bei den Gesprächen Ihrer Fahrgäste mit?"

Der Taxifahrer antwortete darauf breit lächelnd:

„Geht doch gar nicht anders. Wir sitzen ja alle im gleichen Auto. Aber was mich noch interessieren würde ist, warum Sie aus dem Krankenhaus geflohen sind." Mit den Worten

„Das geht Sie nichts an" wies Carla ihn prompt zurecht; und Markus fügte ergänzend dazu:

„Ich würde an Ihrer Stelle auf den Verkehr achten, anstatt unserem Gespräch zu lauschen."

Der Taxifahrer hörte auf zu lachen und schaute stur auf die Straße:

„Ich habe verstanden. Ist schon gut!"

Nach einigen Minuten der Stille kam Carla dann doch wieder auf das zusprechen, was bei ihrer Flucht geschehen war:

„Weil du den Pfleger geschlagen hast, werden sie uns mit der Polizei suchen. Die könnten dich jetzt als gemeingefährlich einstufen. Und wenn sie dich fangen, werden sie dich für längere Zeit einsperren." Markus versuchte, sie zu beruhigen:

„Keine Angst, die kriegen mich nicht – und auch dich nicht. Du warst ja immerhin daran beteiligt!"

Darauf meinte Carla:

„Da lass dich aber mal überraschen! Ich glaube schon, dass sie uns kriegen werden."

Als das Taxi die Autobahn-Auffahrt genommen hatte und der Taxifahrer auf gefühlte 200 Stundenkilometer beschleunigte, dachte sie:

„Fahr ruhig noch ein wenig schneller. Dann habe ich endlich den ganzen Mist hinter mir!"

Aber Markus kamen nach allem, was in der Klinik passiert war und von Carla dazu geäußert wurde, nun doch einige Bedenken. Ihm ging durch den Kopf:

„Carla hat ja irgendwie schon Recht. Jetzt werde ich bestimmt von der Polizei gesucht. Wenn die mich erwischen, stecken sie mich womöglich für immer weg. Mensch, da hab ich nicht alles genau genug in Erwägung gezogen. Sollte das so kommen, bin ich wirklich erledigt: aus die Maus!"

Der Taxifahrer wiederum dachte über anderes nach:

„Wenn ich noch einen Auftrag für die Rückfahrt vermittelt bekomme, dann kann ich einen guten Schnitt machen. Vielleicht ist ein neues Sari für Anjali drin. Was würde sie sich darüber freuen! Ich habe ihr mit dem Umzug nach Deutschland ganz schön viel zugemutet. Das ungemütliche Wetter belastet sie, und richtige Freunde hat sie hier auch noch nicht gefunden. Mit der Kultur der Deutschen kommt sie überhaupt nicht klar. In Indien wusste sie, wohin sie gehört und was sie darf; aber hier fällt es ihr schwer, sich an verschiedene Freiheiten zu gewöhnen. Immerhin muss sie nicht hungern; und eine schöne Wohnung haben wir auch. Unsere Kinder sind gesund und leben in Sicherheit. Aber trotzdem habe ich den Eindruck, dass ihr etwas zum Glücklichsein fehlt. Vielleicht kann ich sie mit dem Geschenk ein wenig aufheitern."

Nach einer Weile wandte sich Carla leise an Markus:

„Sollen wir nicht besser wieder umkehren? Vielleicht würden wir dadurch das Schlimmste für dich verhindern. Wenn dich die Polizei erst gefasst hat, machen sie dich fertig. Dann kommst du nicht mehr aus der Psychiatrie heraus." Markus stellte dazu etwas kleinlaut fest:

„Dumm gelaufen." Sie hakte nach:

„Was willst du denn jetzt machen?" Nur ein Wort äußerte er dazu:

„Leben". Als sie nachfragte

„Wie meinst du das?", wurde er deutlicher:

„Ja, einfach nur leben – leben, wie ich noch nie gelebt habe. Berlin ist groß. Und die werden ganz bestimmt keine Hundertschaften hinter mir her schicken."

„Du willst also so tun, als wäre nichts geschehen?" Markus nickte bestätigend:

„Ja genau, als wäre nichts geschehen! Du wirst schon sehen, Carla: Das ist es, was ich dir zeigen möchte: Das Leben geht weiter. Es bleibt nicht einfach stehen, wenn sich etwas Grundsätzliches geändert hat. Ich muss jetzt nur mit meiner Situation fertig werden, und auch du mit deiner!"

Aber Carla gab zu bedenken:

„Mensch, bei mir ist es doch etwas ganz anderes! Bei mir ist es endgültig, während du immer noch etwas verändern kannst. Du brauchst dir doch nur einen Rechtsanwalt nehmen, und schon endet für dich die ganze Geschichte mit einer Geldstrafe."

Hierzu äußerte Markus durchaus verständnisvoll – aber nicht, ohne seine Sichtweise zu erläutern:

„Ich kann durchaus nachvollziehen, wenn du sagst, dass der Tod deines Sohnes etwas Endgültiges ist. Es ist auch ein schlimmeres Ereignis als die Anlässe, die mich in die Nervenklinik gebracht haben. Aber trotzdem werde ich versuchen, dir zu zeigen, dass es sich lohnt zu leben."

Carla reagierte darauf bitter mit der ironischen Bemerkung:

„Sag, was willst du denn mit mir anstellen? Willst du 'ne Sightseeing-Tour mit mir machen? Möchtest du die Lebenslust in mir wecken, indem du mir irgendwelche Sehenswürdigkeiten zeigst? Vergiss es!"

Diesen Einwand konnte Markus wiederum nicht gelten lassen und meinte empört:

„Du hältst mich wohl für sehr oberflächlich? Ich bin zwar Handwerker und kein Psychologe, oder so etwas; aber mir ist trotzdem klar, dass ich dir nicht mit ein paar Sehenswürdigkeiten die Lebensfreude wiederbringen kann. Dazu gehört wohl einiges mehr! Jedoch musst du mir dabei helfen! Du musst es wenigstens auch ein klein wenig wollen!"

Jetzt fragte Carla direkt:

„Was denkst du, warum ich mit dir geflohen bin?", worauf Markus mit der Rückfrage kam:

„Weil du eine Chance für dich siehst?"

Carla lächelte kurz auf. Doch danach wurde ihr Gesichtsausdruck sehr ernst. Wie versteinert schaute sie Markus an, als sie sagte:

„Weil ich mir dann ungestört das Leben nehmen kann."

Markus war von Carlas Ehrlichkeit völlig überrascht. Ihre Äußerung machte ihn betroffen. So dauerte es eine Weile, bis von ihm die Antwort kam:

„Nun, ich respektiere deine Absicht, aber verstehen kann ich sie nicht. Meiner Meinung nach bekommt man mit jedem neuen Tag ein neues Blatt in die Hand gedrückt, um damit alle Facetten des Lebens auszuspielen. Und du möchtest dein Blatt noch nicht einmal aufnehmen – nein, noch schlimmer: Du möchtest es wegwerfen, ohne dir das Blatt zuvor angeschaut zu haben. Dass du vor Jahren das Blatt deines Leben hattest und trotzdem verloren hast, kannst Du doch nicht als Grund nehmen, komplett aus dem Spiel auszusteigen!"

Sie griff das Wort „Spiel" auf und antwortete:

„Ich spiele nicht!", worauf Markus hinzufügte:

„Du weißt ganz genau, wie ich das meine!"

Bestätigend ergänzte sie:

„Ja, ich habe deine Botschaft verstanden. Aber ob ich darauf eingehen kann, möchte ich dir nicht versprechen."

Der Taxifahrer schaute über seine rechte Schulter zu seinen Fahrgästen hinüber, um festzustellen:

„Warum macht Ihr Deutschen euch euer Leben denn nur so schwer? Wenn wir Inder einen Sterbefall in der Familie haben, dann wird getrauert und geweint, aber danach geht das Leben weiter. Ihr grabt euch in euren Schmerz ein und schaut nur zurück. Bei uns in Indien hungern viele Menschen. Einige werden wie Sklaven gehalten, andere wiederum haben schlimme Krankheiten, wie Lepra und Pest. Für die Deutschen ist das unvorstellbar: Aber bei uns in Indien gibt es trotz alledem eine große Lebensfreude. Das spiegelt sich auch schon in unserer farbigen Kleidung wieder."

Markus und Carla schauten sich an und begannen zu lachen. Die beiden lachten aber nicht über das Gesagte, sondern über die Tatsache, dass der Fahrer sie schon wieder belauscht hatte. Von dem plötzlichen Gelächter seiner Fahrgäste irritiert, schwieg der Fahrer und tat dabei so, als würde er sich auf den Straßenverkehr konzentrieren. Dann fragte er etwas zaghaft:

„Sie haben doch nichts dagegen, wenn ich ein wenig Musik höre, oder?" Markus erwiderte freundlich:

„Ja, machen Sie nur!"

Der Fahrer stellte seinen CD-Player an, worauf indische Volksmusik erklang. Carla erklärte Markus:

„Ich bin etwas erschöpft. Ich werde versuchen, ein wenig zu schlafen. Bis nach Berlin wird es ja noch einige Stunden dauern."

„Ja", meinte Markus: „So ist es! Wir werden uns noch ein wenig ausruhen. In Berlin haben wir ja einiges zu erledigen. Das wird noch ganz schön anstrengend."

Carla machte es sich so bequem wie möglich und schloss ihre Augen. Noch ziemlich lange nahm Carla die indische Musik wahr, die sich in blumigen Ornamenten vor ihrem geistigen Auge zu materialisieren schien. Immer neue Triebe entstanden, an dessen Enden sich die schönsten Blüten zu entfalten schienen.

Der Taxifahrer sah in seinem Rückspiegel, wie Markus Carla musterte. Aufgrund seines Temperaments konnte er das nicht unkommentiert lassen:

„Sehr schöne Frau", stellte er fest. Dabei nickte er lächelnd mit seinem Kopf.

„Ja, sehr schöne Frau", bemerkte Markus, dies bestätigend, wobei er schmunzelte.

Carla war das einfach nur peinlich. Sie drehte sich weg und schaute aus dem Fenster. Dann sprach Markus den Taxifahrer an:

„Wann meinen Sie, sind wir in Berlin?"

„Wenn wir in keinen Stau geraten, sind wir in zweieinhalb Stunden in Berlin Mitte. Wissen Sie schon, wo Sie genau hin wollen?"

„Nein, ich habe noch keine Vorstellung. Wir brauchen aber eine Gegend, in der es günstige Unterkünfte gibt." Der Taxi-Fahrer erläuterte:

„Ich war schon sehr oft in Berlin. Da würde ich Ihnen den Prenzlauer Berg empfehlen. Das liegt in der Nachbarschaft von Kreuzberg, aber die Gegend ist noch günstiger. Für die erste Nacht würde ich ein Motel als Unterkunft wählen. Danach würde ich versuchen, in einer Wohngemeinschaft unterzukommen." Das leuchtete Markus ein:

„Ja, hört sich gut an! Jetzt werde ich mich ebenfalls ein wenig ausruhen."

Markus machte es sich so bequem wie möglich und schloss seine Augen. Die vielen Ereignisse der letzten Tage ließen ihn innerhalb weniger Minuten erschöpft einschlafen.

Das Taxi bahnte sich seinen Weg über die Autobahnen in Richtung Hauptstadt. Als Markus wieder aufwachte, fuhr es gerade über Berlin-Spandau in die Großstadt hinein. Mehrspurige Straßen verteilten den Verkehr in alle Richtungen der Stadt. Der aufkommende Feierabend-Verkehr sorgte dafür, dass es nur sehr langsam und stockend vorwärts ging.

Beide waren mittlerweile aufgewacht und schauten sich ein wenig verschlafen an. Mit müder Stimme brachte sie hervor:

„Sind wir schon da?" Markus antwortete:

„Ja, Berlin haben wir erreicht. Aber bis wir auf dem Prenzlauer Berg sind, kann es bei diesem Verkehr noch einige Zeit dauern." Dann wandte er sich an den Taxifahrer:

„Können Sie an der nächsten Bank kurz anhalten?" Der war damit einverstanden:

„Wird gemacht."

Einige Minuten später fuhr er von der Hauptstraße ab, um in einer Seitenstraße direkt vor einer Bankfiliale zu halten. Markus stieg aus und ging zum Geldautomaten, der direkt im Eingangsbereich des Bankgebäudes stand. Zuerst überprüfte Markus seinen Kontostand: Voller Zufriedenheit stellte er fest, dass sich noch 3000 Euro auf dem Girokonto befanden. Sofort hob er den für ihn pro Tag zulässigen Betrag ab.

Als er sich wieder ins Auto gesetzt hatte, übergab er die vereinbarte Summe an den Taxifahrer. Dieser bedankte sich mit einem breiten Lächeln und sagte zufrieden:

„So, ich bringe Sie jetzt noch zu einem günstigen Motel." Markus stimmte sofort zu:

„Ja, bitte."

Das Taxi fuhr zurück auf die Hauptstraße. Nach weiteren zehn Kilometern endete die Fahrt auf einer Abfahrt, die direkt zu einem im amerikanischen Stil gehaltenen Motel führte. Der Taxifahrer, der seinen Auftrag gut ausgeführt hatte, stellte fest:

„Zielort erreicht! Danke für Ihr Vertrauen. Und denken Sie daran: Das Leben ist zu kurz, um nicht an jedem Tag irgendetwas Positives zu finden."

Carla und Markus schauten sich daraufhin etwas verlegen an und bedankten sich dann herzlich bei ihm dafür, dass er sie so zuverlässig nach Berlin gefahren hat.

„Und besonders auch für Ihre Empfehlung, wo wir eine Unterkunft finden könnten", fügte Markus hinzu.

„Ja, genau", meinte Carla, „wirklich nett von Ihnen! Wir haben in Ihnen einen prima Menschen kennengelernt und wünschen Ihnen eine gute Rückfahrt. Jetzt müssen wir halt sehen, wie wir hier zurechtkommen."

17

Nachdem die beiden das Taxi verlassen hatten, gingen sie sofort zur Rezeption des Motels. Dort mietete Markus ein Doppelzimmer für eine Übernachtung. Dabei warf Carla ihm einen fragenden Blick zu, denn ihr wäre ein Einzelzimmer lieber gewesen. Er bezahlte die Rechnung gleich im Voraus, damit er sich am folgenden Tag nicht mehr darum kümmern musste. So würden sie abreisen können, wann sie wollten. Der Portier schaute die beiden wissend an. Er ging offenbar davon aus, dass es sich um ein gelegentliches Treffen von vergebenen Personen handele. Denn dies machte einen Großteil der Kundschaft des Hauses aus.

Das Zimmer war im Vergleich zu anderen Unterkünften äußerst preiswert, was aber auch an der Ausstattung erkennbar war: Auf den Nachtschränkchen standen unmoderne Vulkan-Lampen in unterschiedlichen Farben. In deren Innern stiegen undefinierbare Flüssigkeiten auf, die durch eine Glühlampe erwärmt und daher zum Aufsteigen gebracht wurden, um dann nach dem Abkühlen wieder auf den Grund zu sinken. Die aufsteigende Flüssigkeit nahm immer andere Formen an, sodass es Markus fast sogar Spaß machte, diesen Ablauf zu beobachten.

Zwei mit Rahmen versehene Poster zierten die Zimmerwände: Eines der Bilder zeigte einen knallroten Mustang, an dem ein lässig rauchender Cowboy mit einer geschulterten Winchester lehnte, das andere eine Corvette, auf deren Sitz sich eine amerikanische Schönheit, bekleidet mit Petticoat und High Heels, rekelte. Das Metallrahmenbett war mit einer Bettwäsche versehen, die an eine originale Patchwork-Decke erinnerte.

Nachdem Markus das Zimmer gemustert hatte, stellte er fest:

„Hier werden wir es wohl für eine Nacht aushalten." Sie meinte dazu:

„Wieso hast du ein Doppelzimmer bestellt? So nahe sind wir uns nun doch wieder nicht, dass wir in einem Ehebett schlafen sollten!" Markus aber erklärte ihr:

„Carla, wir müssen vorerst halt ein wenig sparen. Ich habe zwar Ersparnisse. Aber die sind schnell aufgebraucht, wenn kein neues Geld dazu kommt." Darauf wandte sie ein:

„Du willst mich also mit durchziehen? Wie lange soll das denn gut gehen? Ich habe auch nur sehr wenig Kleidung zum Wechseln dabei. Außerdem brauche ich Platz für meine Privatsphäre!" Aber Markus erwiderte:

„Ich weiß doch, warum du allein sein möchtest!" Dazu gab sie zu bedenken:

„Du kennst mich doch überhaupt nicht!"

„Wenn ich dich allein lasse, wirst du dir das Leben nehmen. Das möchte ich vermeiden."

„Ich kann dir doch eigentlich egal sein, Markus. Wir haben uns ja erst vor kurzem kennengelernt!"

„Ach Carla, vielleicht sollte alles so sein, wie es gekommen ist: Vielleicht ist meine früher heile Welt kaputt gegangen, damit deine gestörte Welt repariert werden kann!"

„Ich verstehe nicht ganz. Was willst du mir damit sagen?"

„Nun, ich will dir sagen, dass ich an ein Schicksal glaube – an einen vorgezeichneten Weg, der aber auch beeinflussbar ist."

„Ja und? Was hab ich mit deinem Schicksal zu tun?"

„Warum bist du denn so gereizt, Carla? Ich kann doch nichts dafür, dass sich unsere Wege durch ein negatives Ereignis gekreuzt haben."

„Nein Markus, dafür kannst du ganz bestimmt nichts. Aber du bist verantwortlich dafür, dass wir hier in dieser billigen Absteige untergekommen sind."

„Jetzt mach aber mal halblang! So schlimm ist es hier nun wirklich nicht. Ich denke, du bist hungrig, weshalb für dich alles trostlos aussieht. Komm, ich lade dich zum Essen ein!"

„Wenn du denkst, dass man mich mit einem Essen besänftigen kann, muss ich dir Recht geben. Los, lass uns in das Raststätten-Restaurant gehen! Da gibt es garantiert auch Gerichte, die zu diesem amerikanischen Style passen."

Tatsächlich war in der direkten Nachbarschaft des Motels ein sogenanntes „Drive-in", in das sie einkehrten. In dem Restaurant stand vorn im Eingangsbereich eine auf alt getrimmte Musik-Box, die durch Plexiglas einen Einblick in ihr Innenleben ermöglichte, denn das ganze Gerät wurde von unterschiedlich farbigen Neonröhren ausgeleuchtet. Der nächste Blickfang befand sich direkt über der Schankstelle: Von dort wachte ein riesiger ausgestopfter Elch-Schädel über die Gäste. Außerdem gab es noch einige aus Neonröhren bestehende Harley-Davidson-Logos, die von den Wänden her strahlten. Carla meinte ein wenig belustigt:

„Passt doch wirklich prima zu unserer Unterkunft!" Und Markus stellte fest:

„Hier scheinen sie wirklich Amerika-Fans zu sein." Darauf machte Carla den Vorschlag:

„Komm Markus, wir setzen uns dort hinten in die Ecke."

Sofort ging Markus auf Carlas Wunsch ein und nahm den Platz in der Ecke in Beschlag.

Als die beiden sich hingesetzt hatten, kam umgehend eine jugendlich wirkende Bedienung. Sie bestellten einen Burger und eine Cola. Die in Uniform der Restaurant-Kette gekleidete Frau sagte freundlich, aber wie auswendig gelernt:

„Route 66 wünscht Ihnen guten Appetit!"

Markus nickte lächelnd und schaute begeistert auf seinen gut gefüllten Teller:

„Mensch, das sind hier ja Mordsportionen! Schau dir doch einmal diesen gigantischen Burger an!"

Carla lachte laut auf:

„Die wollen uns hier wohl mästen. Solche Portionen sind ja etwas für Riesen!"

Markus hatte keine Lust, sich länger darüber auszulassen:

„Los, fang schon an zu essen. Du hast doch auch einen riesigen Hunger!"

Beide griffen sich den großen Burger und bissen beherzt hinein. Der Burger war wirklich ungewöhnlich groß: Sie mussten ihn mit beiden Händen fassen, um ihn zum Mund führen zu können. Nachdem Markus in den Burger gebissen hatte, war sein Mund von der Soße vollkommen verschmiert. Trotzdem kaute er genüsslich, ohne sich um sein Aussehen zu kümmern. Carla legte den Burger ab, um ihren Mund abzuwischen:

„Ganz schön unhandlich, dieser Burger!", wozu Markus bemerkte:

„Schmeckt aber prima. Besonders die Bacon-Stückchen sind super lecker!"

Carla nicke, meinte aber:

„Ich glaube, ich esse doch lieber mit Besteck", was Markus knapp kommentierte:

„Jeder, wie er mag."

„Es stimmt ja, Markus! Der Bacon ist sehr würzig und kross". Markus schwärmte weiter:

„Die Pommes sind auch gut gewürzt und knusprig."

„Ja, gut gewürzt. Davon bekommt man bestimmt noch mehr Durst."

„Genau", bestätigte er, „ich werde mir gleich auch noch ein Bier bestellen."

Aber Carla kam ihm mit einer Bemerkung, die ihm nicht gefallen konnte:

„Du warst doch wegen deines Alkoholproblems in der Klinik, oder?"

Markus hörte auf zu essen, schaute Carla ernst an und sagte dann:

„Ich hatte gerade meine Sorgen vergessen und habe mich an dem schmackhaften Essen erfreut. Jetzt fängst du mit meinem angeblichen Alkoholproblem an. Ich hatte nie eines. Entspann dich doch mal! Genieß das Essen und lass einfach die Eindrücke der fremden Umgebung auf dich wirken. Auch wenn du es hier kitschig finden solltest, so sind es doch neue Eindrücke."

Markus' Stimmung war dadurch ein wenig getrübt, was man ihm auch ansah: Muffelig schob er sich eine Pommes nach der anderen in den Mund, um danach wieder einen großen Schluck Bier zu trinken. Carla bemerkte seinen Stimmungswechsel natürlich sofort.

Sie bedauerte jetzt, das mit dem vermeintlichen Alkoholproblem angesprochen zu haben. Eigentlich wusste sie gar nicht genau, warum ihr das überhaupt über die Lippen gekommen war. Er hatte ihr ja keinen Grund dazu gegeben. Sie saßen immerhin im gleichen Boot, und er versuchte trotz aller Probleme nett zu ihr zu sein. Deswegen sagte sie leise:

„Es tut mir leid." Markus fragte nach:

„Was tut dir leid? Dass du mit mir ausgebüxt bist?" Aber sie stellte klar:

„Nein, es tut mir leid, was ich da eben zu dir gesagt habe. Ich wollte dich nicht verletzen." Nun lenkte er ein:

„Ist schon in Ordnung! Damit ist diese Angelegenheit für mich erledigt." Erleichtert äußerte Carla:

„Danke. Dann lass uns weiteressen! Wir können keine schlechte Stimmung gebrauchen. Wenn du gleich noch ein Getränk bestellst, möchte ich ebenfalls ein Bier."

„Dein Wunsch ist mir Befehl!", meinte Markus, und lächelte dabei schon wieder.

Die beiden schafften es, nahezu das ganze XXL-Menü zu verspeisen. Dabei leerten sie auch noch einige Glas Bier. Leicht angeheitert und mit guter Laune verließen sie schließlich das Restaurant.

Mittlerweile war es dunkel geworden, doch es war immer noch sommerlich warm. Markus machte sodann den Vorschlag:

„Komm, wie wäre es mit einem kleinen Spaziergang! Heute Abend ist es ja so schön. Das müssen wir ausnutzen." Carla war sofort einverstanden:

„Machen wir! Das ist eine gute Idee."

Ein warmes Lüftchen trug die Geräusche des ruhiger werdenden Straßenverkehrs der benachbarten Schnellstraße heran. Die beiden schlenderten auf dem großen Parkplatz des Motels umher. Da über ihnen die Sterne hell funkelten, richteten sie ihre Blicke unwillkürlich nach oben. Grillen, die im Grün des Lärmschutzwalls ein Zuhause gefunden hatten, zirpten ihr Lied.

18

Ohne zu sprechen genossen sie die Idylle, was bei beiden ein Urlaubsgefühl hervorrief. Ganz langsam gingen sie umher. Dann setzten sie sich auf eine Bank. Ergriffen von dem Anblick, äußerte Carla:

„Unglaublich schön!" Markus schloss die Frage an:

„Was denkst du, gibt es etwas da draußen?", worauf Carla bemerkte:

„Was meinst du denn damit?"

„Ich meine, ob es da oben ein höheres Wesen gibt."

„Meinst du etwas Göttliches? Wie kommst du auf sowas?"

„Ja, ein göttliches Wesen. Carla, ich bin doch Christ! Und deswegen glaube ich an einen Gott, der das alles geschaffen hat." Carla wandte ein:

„Aber wenn es so einen Gott da draußen gibt –: Warum lässt er so viel Schlimmes auf der Welt zu?"

„Hm, ich denke, wenn alles immer glatt laufen würde, dann könnten wir uns niemals beweisen."

Carla gab sich damit nicht zufrieden:

„Aber so viel Leid – nur, damit wir uns beweisen können? Was sind das für eigentümliche Vorstellungen?"

Doch Markus meinte, dazu ausführen zu müssen:

„Für die Menschen, welche zu Tode gekommen sind – egal, ob durch Unfall, Krankheit oder Gewalt –, ist gesorgt. Dessen bin ich mir zu hundert Prozent sicher!" Carla appellierte an seine Vernunft:

„Ach Markus, sind das nicht nur Geschichten, die wir uns zum Trost erzählen – Geschichten, um uns den Tod und das Leid erträglich zu machen?"

Aber er ließ seinen Gedanken weiter freien Lauf:

„Carla, man kann es nicht mit dem Verstand ergründen! Man kann es nur spüren. Und wenn ich so einen Sternenhimmel sehe, dann fühle ich mich unserem Schöpfer nahe. Ich habe schon einige wunderschöne Dinge in meinem Leben gesehen, z.B. einen Regenbogen, der in den schönsten Farben erstrahlte. Vielleicht hat der Schöpfer ihn uns zur Freude gemacht."

Man merkte Clara an, dass sie ihn schon bei den ersten Sätzen am liebsten unterbrochen hätte. Aber langsam war es ihr zu viel. Sie lachte kurz auf und meinte:

„Ach Markus, was bist du bloß für ein komischer Heiliger! Ich möchte dich gewiss nicht kränken, aber für derartige religiöse Phantasien bzw. Schwärmereien habe ich nicht so viel übrig. Ich wurde zwar aus Gründen, die dir bekannt sind, in eine psychiatrische Klinik eingeliefert. Aber normal denken kann ich noch!"

Markus schmunzelte und sagte darauf:

„Komm Clara, beruhige dich! Das war wohl irgendwie zu salbungsvoll. Ist mir halt so gekommen. Doch gläubig bin ich durchaus, nämlich katholisch. Und das solltest du auch akzeptieren. Aber lassen wir das Thema lieber!"

Bei Clara hatte sich die Aufregung wieder etwas gelegt:

„Na ja, es war schon heftig, was ich mir da eben anhören musste. Ich kenne dich ja nicht gut genug, um mir vorstellen zu können, was in deinem Kopf so alles vor sich geht. Bisher hatte ich ja auch nicht den Eindruck, dass du einen religiösen Koller hast. Wenn du sagst, du seist katholisch, und somit dein Glaube einigermaßen im grünen Bereich ist, will ich das nicht weiter kommentieren, obwohl ich auch damit grundsätzlich meine Probleme habe. In Ordnung: Wir lassen das Thema!"

Nach einer kleinen Pause schauten sie sich freundlich an. Fast hätte sie ihn umarmt, ließ es aber und meinte:

„Ich möchte jetzt ins Hotelzimmer". Damit war Markus sofort einverstanden:

„Ja, komm, lass uns gehen!"

19

Auf dem Weg zum Motel sprachen sie kaum etwas miteinander. Markus dachte:

„Mit ihren unbegründeten Vorwürfen hat sie die ganze Stimmung versaut. Wenn sie so auch mit ihrem Ehemann gesprochen hat, ist es kein Wunder, dass er sie verlassen hat. Na, da bin ich mal gespannt, wie sich das Ganze noch entwickelt!"

Als die beiden im Hotelzimmer ankamen, warf sich Carla sofort erschöpft ins Bett:

„Ich habe aber nur wenig Wechselkleidung dabei, und auch nur ein Nachthemd."

„Wir werden alles Nötige in den nächsten Tagen besorgen, mach dir da mal keine Sorgen!", sagte Markus und schaltete den Fernseher ein. Es lief eine Rate-Sendung. Doch nach der dritten bescheuerten Frage zappte Markus auf einen anderen Sender. Dort kam ein Western neuerer Machart, mit wunderschönen Landschaften und dazu passenden Szenen, die in Zeitlupe abgespielt wurden. Markus hatte Lust auf ein Bier:

„'Ne Flasche Bier wär jetzt nicht schlecht."

Aber er zügelte sein Verlangen, da ihm der horrende Preis für das Minibar-Bier abschreckte.

Während er in den Western vertieft war, hatte sich Carla ihr Nachthemd im Bad angezogen und war anschließend verstohlen ins Bett gehuscht. Sofort merkte sie, dass die Matratze von schlechter Qualität und dazu noch total durchgelegen war:

„Oh je, das kann ja eine Nacht werden!"

Nach dem Western war Markus noch ein wenig aufge-kratzt; aber er entschloss sich trotzdem, ebenfalls zu Bett zu gehen. Da er keine Nachtwäsche oder sonstige Wechselwä-sche mitgeführt hatte, legte er sich einfach mit seiner Unter-wäsche ins Bett. Auch er bemerkte sofort die miserable Be-schaffenheit der Matratze. Da es sich um eine große einteilige Matratze handelte, war im Laufe der Jahre eine regelrechte Kuhle in der Mitte entstanden.

Carla war mittlerweile schon fest eingeschlafen und ir-gendwann ohne ihr Zutun in die Matratzen-Kuhle gerutscht. Das war nicht anders zu erwarten, denn diese Matratze wirkte fast wie ein Trichter. Weil auch er langsam in die Mitte des Bettes rutschte und erst durch Carlas Körper am Weiterrutschen gehindert wurde, dachte Markus zuerst:

„Mensch, die macht sich hier aber breit!"

Aber dann merkte er, dass Carla nicht für die Inbesitz-nahme der Bett-Mitte verantwortlich war. Als er Carla so nah war, fiel ihm sofort ihr guter Geruch auf. So etwas kannte er von seiner Frau nicht. Er schloss seine Augen und atmete tief durch die Nase ein, wobei er eine Mischung aus Vanille- und Pfirsich-Aroma wahrnahm. Nein, der Geruch war nicht aufdringlich, sondern fein und wohltuend. Dies erzeugte bei ihm Bilder mit Vorstellungen, die ihn an südli-che Paradiese erinnerten.

Mit solchen Bildern vor Augen schlief Markus irgend-wann ein. Er konnte in dieser Nacht ungewohnt gut schla-fen. Und als er erwachte, lag Carla angeschmiegt in seinem Arm. Für eine kleine Weile schaute sich Markus die schla-fende Carla genau an:

„Wie friedlich sie doch schläft! Jetzt im Schlaf scheint sie nichts zu bedrücken. Hatte sie mir nicht von Schlafproblemen erzählt?"

Er versuchte, sich vorsichtig aus ihrer Umarmung zu lösen. Carla erwachte trotzdem und äußerte schlaftrunken: „Schatz, müssen wir schon aufstehen?" Markus reagierte ein wenig irritiert darauf:

„Nein, ich muss nur zur Toilette." Dann fragte Carla gequält:

„Thomas?"

„Nein Carla, ich bin es, Markus", sagte er voller Mitleid, weil er verstand, dass Carla aus einem schönen Traum erwacht war und nur langsam wahrzunehmen schien, wo sie sich befand. Carla hatte ihre Augen geöffnet und schaute ihn emotionslos und mit glanzlosem Blick an.

Markus wandte sich ab und ging ins Bad. Als er einen Augenblick später wieder in den Schlafraum trat, hatte Carla sich aufgerichtet.

„Hast du gut geschlafen, Carla?"

„Tief und fest."

„Du hast mich ‚Thomas' genannt."

„Oh, wie peinlich! Meine Träume haben mich wohl in die Vergangenheit geführt. Thomas, so heißt mein Ex-Mann."

Markus versuchte, sie auf andere Gedanken zu bringen, indem er feststellte:

„Du sahst im Schlaf sehr zufrieden und entspannt aus." Sie aber fuhr fort:

„Ich war wieder dort, wo ich wirklich glücklich war – in meinem Zuhause bei meiner Familie, bei meinem Mann und meinem Kind." Markus versuchte, sie zu trösten:

„Glaube mir: Es ist nicht zu spät. Du wirst ein neues Zuhause finden und eine neue Familie gründen. Dein Leben
ist nicht vorbei!"

„Ja, ja! Alles wird gut – was sonst!", bemerkte sie dazu.

„Du brauchst nicht sarkastisch oder ironisch werden. Das
steht dir nämlich nicht", antwortete er.

„Entschuldige. Ich weiß ja mittlerweile, dass du es gut
mit mir meinst."

„Entschuldigung ist angekommen. Raff dich auf! Wir machen uns frisch, und dann gönnen wir uns ein feines Frühstück."

„Mit Croissants?"

„Ja, wenn du möchtest."

„Überredet! Lass mich nur schnell duschen!"

„Mach nur. Wir haben ja eigentlich alle Zeit der Welt."

Carla huschte schnell aus dem Bett, um ins Bad zu verschwinden. Etwa eine halbe Stunde später stand eine durch-
gestylte Carla vor Markus.

„Na, dann aber los! Ich habe einen riesigen Hunger",
stellte Markus fest, bevor sie das Hotelzimmer verließen.

20

Ein sonniger Sommermorgen sorgte bei beiden für gute
Laune. So machten sie sich auf die Suche nach einem ge-
mütlichen Café. Sie gingen einfach in Richtung Berlin
Mitte – in der Hoffnung, etwas Passendes zu finden. Drei
Häuserblocks weiter stießen sie auf das, was sie suchten,
nämlich ein Café im alten Stil, welches einem schon beim

Betreten der Räumlichkeit die Kaffee-Aromen in die Nase steigen ließ.

Auf einer Tafel stand mit Kreide geschrieben:

„Frühstück: zwei belegte Brötchen und Kaffee für 7 € .“

„Das ist genau das Richtige für uns. Komm, lass uns hier frühstücken, Carla!“

„Ist in Ordnung. Das sieht gut aus!“

Im Café saßen schon einige Kunden. Einige frühstückten, andere wiederum lasen Zeitung und tranken dabei Kaffee oder Tee. Carla und Markus setzten sich an einen Tisch, der direkt am Schaufenster stand. Von dort hatte man einen schönen Blick auf den breiten Gehsteig, der mit alten Kastanienbäumen gesäumt war. Das sich vom leichten Wind bewegende Laub der Bäume erzeugte durch das Sonnenlicht Lichtreflektionen, die Schattenspiele in den Raum malten. Eine in französischem Stil gekleidete Bedienung nahm die Bestellung der beiden entgegen.

Voller Appetit verzehrten sie die Brötchen, und Markus trank mit Genuss seinen Kaffee, wobei er feststellte:

„Glück! Glück, das kann auch schon eine Tasse Kaffee sein!“ Carla fragte nach:

„Wie meinst du das?“

„Ein neuer Tag beginnt. Du brühst dir eine Tasse Kaffee auf. Mit allen Sinnen nimmst du dieses Getränk wahr. Du riechst das Aroma, du siehst das dampfende Getränk vor dir stehen, du schmeckst den anregenden Geschmack und spürst die Wärme, die sich in dir ausbreitet. Du sitzt einfach nur da und genießt es. Das verschafft dir Zufriedenheit und Glück.“

„Du denkst, dass eine Tasse Kaffee ‚Glück‘ bedeutet?“

„Nein, natürlich nicht direkt. Aber kann es denn nicht dem Glück gleichkommen, wenn man die Zeit hat, einen guten Kaffee zu genießen?"

„Nun lass uns erst einmal unsere Tasse Glück probieren, bevor es kalt wird und sich in eine Tasse kalten Kaffees verwandelt", sagte Carla gut gelaunt.

Die beiden frühstückten genüsslich und beobachteten dabei die Spatzen, die sich lautstark über die Brötchenkrümel hermachten, die Tierfreunde beim Verlassen des Cafés auf den Gehweg geworfen hatten.

Nach dem Frühstück entschieden sie sich, die Reise mit dem Bus fortzusetzen. So stiegen sie in einen halbvollen Bus, kauften beim Busfahrer Tickets und machten es sich auf einem der freien Plätze gemütlich. Markus bemerkte leise:

„Carla, schau dich bitte einmal im Bus um. Was fällt dir an den Menschen auf?" Carla drehte sich um, musterte die Mitfahrenden und antwortete dann:

„Es unterhält sich kaum jemand! Die meisten schauen auf das Display ihres Mobiltelefons."

„Gut erkannt! Vielleicht liegt das aber daran, dass fast nur Jugendliche im Bus sitzen. Was meinst du, wie die ihre Umgebung wahrnehmen?"

„Ich denke, genau wie wir. Obwohl die oft auf ein Display schauen, nehmen sie doch durchaus ihre Umwelt wahr."

„Da bin ich aber anderer Meinung: Die Umwelt wird nur noch am Rande wahrgenommen. Der zentrale Punkt ist das Display des Handys. Ich bin mir fast sicher, dass diese Leute nicht die Spatzen vor dem Café beobachten würden."

„Eigentlich ist es doch ganz egal, was sie wahrnehmen.

Unsere Urgroßeltern haben doch auch eine ganz andere Wahrnehmung gehabt als wir. Die Menschen sind halt so wie die Zeit, in der sie leben. Vor hundert Jahren waren ein voller Magen und der sonntägliche Kirchbesuch den Menschen wichtig. Etwa vor vierzig und mehr Jahren galten ein Kleinwagen und eine Auslandsreise als Maß aller Dinge. Und waren unsere Vorfahren deswegen schlechtere Menschen, weil sie andere Maßstäbe gesetzt haben?"

„Carla, irgendwie stimmt das, was du sagst. Aber trotzdem finde ich es schade, dass so viele Menschen der virtuellen Welt so viel Raum in ihrem Leben geben. Irgendwann werden wir an den unglaublichen Datenmassen ersticken, die allerorts ins Netz eingespeist werden."

„Sieh doch nicht so schwarz! Fast jeder kann sich doch dem Datenfluss entziehen, wenn er es möchte. Statt eine Mail oder eine SMS zu schicken, schreibst du einen herkömmlichen Brief. Der Brief ist zwar länger unterwegs, aber der Empfänger hat etwas Physisches in der Hand. Und statt ein digitales Bild zu machen, nutzt du einen mechanischen Fotoapparat mit einem stinknormalen Film, den man, wenn er voll ist, anschließend zum Entwickeln gibt. Ist doch alles noch möglich. Aber die Mehrheit entscheidet sich schon längst für die digitalen Möglichkeiten. Das musst du leider akzeptieren."

Markus schaute aus dem Fenster des Busses und stellte mit Erschrecken fest, dass sie schon bei der nächsten Haltestelle umsteigen sollten, um zum Prenzlauer Berg zu gelangen. Deshalb schlug er vor:

„Lass uns später weitersprechen. Wir müssen jetzt gleich umsteigen."

Mit vielen anderen Menschen warteten die beiden auf den

nächsten Bus, der hier in zehnminütigen Intervallen vorfuhr. Wieder fielen Markus die vielen „Displayglotzer" auf, wie er sie nannte. Ohne, dass es die anderen Personen merkten, deutete er auf sie, um seine These bei Carla zu untermalen. Carla lachte kurz auf:

„Mensch Markus, lass doch die Leute in Ruhe! Sie tun einfach nur, was ihnen Spaß macht." Dazu meinte er:

„Wir werden bald ebenfalls das machen, was uns Freude bereitet bzw. uns Spaß macht."

„Glaubst du wirklich, dass du so etwas planen kannst?"

„Nein, planen nicht; aber man kann darauf hinarbeiten."

„Na gut, dann mach mal!"

In diesem Augenblick kam der Bus an, weshalb die beiden ihr Gespräch unterbrachen. Der Bus fuhr durch bis zum Prenzlauer Berg. So konnten sie entspannt die Aussicht aus dem Busfenster genießen.

21

An diesem Morgen zeigte sich der Sommer von seiner schönsten Seite. Ein hellblauer Himmel und strahlender Sonnenschein sorgten dafür, dass viele gutgelaunte Menschen unterwegs waren.

Der Bus ließ, nach zwei kleinen Zwischenstopps, das Altbauviertel mit seinen vielen Häusern aus der Gründerzeit hinter sich und fuhr dann Richtung Käthe-Kollwitz-Platz. Markus erklärte Carla:

„Wir steigen am Käthe-Kollwitz-Platz aus. Dieser Platz wird der Ausgangspunkt für unsere Wohnungssuche werden."

Carla nickte kurz. Es war ihr total egal, wo sie aussteigen müssten und wo Markus eine Wohnung suchen würde.

Beim Verlassen des Busses strömte den beiden die warme Sommerluft entgegen. Eine Stichstraße, die zum Käthe-Kollwitz-Platz führte, war gesäumt von alten Kastanienbäumen, unter denen einige Cafés und Restaurants Tische für ihre Gäste hergerichtet hatten. Obwohl noch früh am Tag, waren schon viele Tische belegt.

„Komm Carla, wir schauen uns mal dort in der Kastanien-Allee um. Vielleicht kann ich dort einen Job ergattern."

Carla nickte gleichgültig und trottete lustlos neben Markus her. Gleich beim ersten Restaurant, das an ihrem Weg lag, versuchte Markus sein Glück: Der „Gasthof zum singenden Schwan" war rustikal eingerichtet und so groß, dass Markus die Chance sah, dort eine Arbeitsstelle zu bekommen. An der Theke fragte er:

„Brauchen Sie vielleicht Hilfskräfte? Ich bin gerade in Berlin angekommen und möchte mir hier eine neue Existenz aufbauen."

Die freundliche Bedienung am Tresen erwiderte:

„Vielleicht. Warten Sie einen Augenblick, ich hole mal den Chef!"

Eilig bewegte sich die junge Frau in einen der hinteren Räume des Lokals und kam mit einem etwas korpulenten, gutmütig aussehenden Mann in weißer Kochkleidung wieder.

Markus erklärte nochmals, dass er einen Job suche. Der Chef überlegte kurz, um dann mitzuteilen:

„Tut mir leid, ick habe im Augenblick genug Personal."

Markus bedankte sich und wollte schon gehen, als der Mann plötzlich hinzufügte:

„Warten se mal, der Braunschweiger Otto, der braucht immer Leute. Der zahlt zwar nicht die höchsten Löhne, aber bei dem bekomm'n se die Patte auf de Kralle. Ick funk ihn mal eben an, wenn se wollen."

Markus nickte zustimmend, und der Restaurantbesitzer nahm umgehend sein Mobiltelefon aus der Tasche, um im Telefonverzeichnis eine Nummer zu suchen und dann anzuwählen.

„Hallo Otto, ja hier ist der Gerd. Sag mal, brauchste noch Malocher? Ja? Ick hab hier jemanden, der braucht Arbeit! Ja, wenn du willst, schicke ick ihn bei dir vorbei! Ja, wir sehen uns am Freitag beim Skat. Bis dann."

Darauf wandte er sich wieder Markus zu:

„Haben se gehört, junger Mann? Der Herr Braunschweiger will Sie morgen früh um halb sieben sehen. Passen se auf: Die Werkstatt liegt ein paar Blöcke weiter neben der Belforter Straße, nicht weit vom Wasserturm. Da finden se schnell hin." Markus antwortete erleichtert:

„Vielen Dank, Sie haben uns sehr weitergeholfen."

„Nicht dafür! Ick wünsche Ihnen viel Glück in Berlin. Für Leute ohne Startkapital ist das hier kein einfaches Pflaster!"

„Wir werden das schon schaffen. Nochmals danke für ihre Bemühungen."

Carla hatte in ihrer Handtasche einen kleinen Schreibblock, auf dem sie die Adresse der Werkstatt und den Namen des Chefs notierte.

Anschließend verließen sie das Restaurant und zogen ziellos durch die Straßen.

„So Carla, eine Arbeitsstelle ist mir so gut wie sicher! Jetzt brauchen wir uns nur noch nach einer Wohnung umschauen. Am besten wir bleiben in diesem Viertel. Die schönen alten Gründerzeit-Häuser gefallen mir wirklich gut. Oder was meinst du?"

„Ist mir eigentlich egal, wo wir wohnen – Hauptsache, wir haben ein Dach über dem Kopf und ein Bett."

„Da kann ich dich beruhigen. Dafür werde ich auf jeden Fall sorgen."

Beim Spazieren durch das Viertel fiel Markus ein „Eine Welt-Laden" auf. Im Schaufenster des Ladens wurden verschiedene Sorten Kaffee und Honig aus aller Herren Länder angeboten. Auf Ständern, die vor dem Laden aufgebaut waren, hingen Hüte aus Stroh oder Filz. Auch peruanische Strickmützen in den knalligsten Farben gab es dort.

„Komm Carla, in dem Laden fragen wir einmal nach einer Unterkunft!"

Carla nickte nur. Sie gingen dann gleich hinein: Ein Glöckchen-Mobile machte beim Betätigen der Tür auf die Kundschaft aufmerksam. Sofort kam eine junge Frau auf die beiden zu und fragte mit fröhlicher Stimme:

„Kann ich etwas für euch tun?" Markus erwiderte:

„Wir sind neu in Berlin und brauchen schnell eine günstige Unterkunft. Kannst du uns vielleicht weiterhelfen?"

Die Frau trug ein langes luftiges Sommerkleid. Dazu hatte sie Lederriemchen-Sandalen an und ein buntes Seidentuch in ihr langes rotes naturgelocktes Haar geflochten. Carla dachte:

„Die ist wohl aus der Flower-Power-Zeit übrig geblieben!"

Freundlich stellte sich die Frau vor:

„Ich bin die Laura. Vielleicht hätte ich da etwas für euch. Aber dafür muss es passen. Das heißt, ihr müsstet in unsere Gruppe hineinpassen." Markus fragte sofort:

„Wie meinst du das?"

„Ihr beiden müsstet in unsere Kommune hineinpassen. Wir nehmen nur Leute in unsere Wohngemeinschaft auf, die uns ähnlich sind."

„Ah, ich verstehe: alle gleichgeschaltet!"

„Na, so ist es nun wirklich nicht. Aber ich denke, man muss schon eine gleiche Ausrichtung haben, um Zoff im Zusammenleben zu vermeiden."

„Und auf welche Weise wollt ihr denn feststellen, wie wir drauf sind? Müssen wir einen Fragebogen ausfüllen?", meinte Markus dazu.

„Jetzt sei doch nicht so negativ! Für eine Nacht könnt ihr auf jeden Fall bei uns bleiben. Und heute Abend hätten wir doch Zeit, uns zu beschnuppern – oder?"

„Das ist aber nett von dir! So hätten wir ja schon einmal einen Schlafplatz für die Nacht. Und dann werden wir bestimmt herausfinden, ob wir zusammen passen!"

„Ich freue mich auf jeden Fall, euch kennenzulernen. Alles Weitere werden wir dann sehen. Wenn ihr euch die Gegend noch ein wenig anschauen wollt, dann würden wir heute Abend, nachdem ich den Laden geschlossen habe, gemeinsam zur Wohnung gehen. Ihr könnt auch so lange eure Taschen bei mir ablegen."

„Eine gute Idee! Wir lassen unsere Taschen bei dir und bummeln ein wenig herum. Was meinst du, Carla?"

Carla antwortete gleichgültig:

„Können wir machen." Markus bedankte sich:

„Wir nehmen dein freundliches Angebot wahr, Laura. Wann sollen wir wieder hier sein?"

„Ich schließe das Lädchen gegen sieben. Also, wenn ihr um sieben Uhr hier seid, geht das in Ordnung."

Markus übergab seine Tasche an Laura und sagte:

„Wollen mal schauen, was hier in der Gegend so los ist. Also bis nachher."

Carla und Markus verließen den Laden, um sich ein wenig umzusehen. Kaum drei Häuser weiter befand sich ein Sozial-Kaufhaus, in dem man gebrauchte Möbel, Fernsehapparate, Geschirr, Besteck und allerlei anderen Hausrat erstehen konnte. Die meisten Dinge stammten aus Haushaltsauflösungen und wurden von Langzeitarbeitslosen aufgearbeitet.

„Komm Carla, wir schauen mal, ob wir etwas Nützliches für uns ergattern können!"

Im Eingangsbereich des Ladens waren Küchenstühle und andere Küchenmöbel ausgestellt. Carla bemerkte:

„Wenn wir einen Platz in der Wohngemeinschaft bekommen sollten, brauchen wir bestimmt keine Küchenmöbel."

„Das ist schon richtig, aber als erstes brauchen wir auf jeden Fall ein Bett. Komm, lass uns mal bei den Schlafzimmermöbeln schauen!"

Auch da war die Auswahl reichhaltig: Es gab einige Bettgestelle aus Massivholz; daneben standen noch verschiedene Modelle, die aus furnierter Spanplatte bestanden. Aber Carla verguckte sich gleich in das einzige historische Metallrahmen-Bett:

„Markus, schau dir doch mal dieses traumhafte Bettgestell an. Dass so etwas noch zu bekommen ist! Das ist doch bestimmt hundertfünfzig Jahre alt!"

Markus sah es als Fortschritt an, dass Carla so viel Freude beim Betrachten des reichlich verzierten Metallrahmenbettes verspürte. Er dachte:

„Sie hat wirklich einen ausgeprägten Sinn für gehobene Dinge. Vielleicht kann ich ihr durch schöne Kunstgegenstände wieder zu mehr Lebensfreude verhelfen." Dann sagte er zu ihr:

„Wenn dir das Bett so sehr gefällt, werden wir es uns kaufen, falls wir ein Zimmer in der Kommune bekommen sollten." Carlas Augen glänzten vor Freude:

„Das würdest du für mich tun? Du bist doch ein lieber Kerl!"

Umgehend ging Markus auf einen Verkäufer zu, der gerade damit beschäftigt war, einen Schrank zusammenzubauen, um ihn auszustellen:

„Sagen Sie einmal: Was soll denn das Metallbett dort drüben kosten?"

„Für´n Hunni könn' se´s mitnehmen."

„Ich kann es aber erst später abholen. Reicht es Ihnen, wenn ich es anzahle?"

„Geht klar! Geben se mir ,nen Zehner. Den Rest zahlen se beim Abholen."

Markus übergab die zehn Euro und ließ seinen Namen bei dem Verkäufer zurück. Anschließend gingen die beiden weiter durch das Viertel. Einige der Gründerzeit-Häuser, an denen sie vorbeikamen, waren aufwendig restauriert und für Markus ein richtiger Augenschmaus. Andere Häuser sahen in ihrer Bau-Substanz so angegriffen aus, dass ein Abriss unausweichlich schien. Dazwischen waren auch einige moderne Häuser oder Geschäfte.

„Carla, vielleicht wohnen wir bald hier! Was hältst du davon? Ist doch ganz schön hier, oder?"

„Ja, das Viertel hier hat seinen Charme; aber ich weiß wirklich nicht, was ich hier soll! Die Großstadt macht doch eigentlich den Menschen eher kaputt, als dass sie ihn heilt!"

„Wir mussten nun mal in eine Großstadt. Hier finden sie uns nicht so einfach wie auf dem Lande, wo jeder jeden kennt."

In ihrer meist eher zurückhaltenden, manchmal aber auch spitzfindigen Art antwortete Clara skeptisch:

„Du tust ja schon fast so, als würden wir für längere Zeit gemeinsame Wege gehen. Ich würde mir das an deiner Stelle noch einmal überlegen."

„Ich habe mir das bereits ganz genau überlegt! Und ich werde darauf achten, dass du mich nicht alleine zurücklässt."

„Wie willst du das denn machen? Möchtest du mich irgendwo anbinden, wenn du arbeiten gehst?"

„Du würdest es mir nicht antun, zu verschwinden, wenn ich nicht da bin, oder?"

„Ich frage mich, warum ich mich dir gegenüber verpflichtet fühlen sollte?"

Da wurde er deutlich:

„Mensch, wir sind zusammen aus der Klinik abgehauen. Und ich möchte einfach nicht, dass du dir das Leben nimmst!"

„Da kann ich dich beruhigen: Ich habe im Augenblick nicht vor, mich umzubringen. Das heißt aber nicht, dass ich hier bleiben werde! Diese Entscheidung werde ich ganz alleine treffen, ohne dich um Erlaubnis zu fragen."

„Natürlich, Carla, du bist ein freier Mensch. Ich halte dich doch nicht als Geisel!"

„Na, dann hätten wir das ja schon mal geklärt."

„Komm Carla, lass uns jetzt was essen gehen. Ich habe einen riesigen Hunger!"

„Ja. Ich habe ebenfalls Hunger. Was meinst du –: Sollen wir uns einen Döner gönnen?"

„Gute Idee! Auch ich habe Appetit auf etwas Herzhaftes. Wir brauchen dazu noch nicht einmal weit laufen. Siehst du, dort drüben ist schon eine Dönerbude!"

Markus deutete mit seinem Arm in die entsprechende Richtung. Sie schauten sich kurz an und machten sich dann einmütig auf den Weg dorthin.

Voller Vorfreude biss Carla in ihre Dönertasche, die sie mit beiden Händen festhielt. Es störte sie nicht, dass ihr Mund von der fettigen Soße glänzte. Auch Markus biss gierig in seine Dönertasche und verschlang sie mit Hochgenuss. Die beiden tauschten zufriedene Blicke aus und amüsierten sich darüber, wie sehr sie sich ihre Münder beschmiert hatten. Carla wischte sich ihren Mund mit einer Serviette ab und fragte Markus anschließend mit einem Lächeln auf den Lippen:

„Bin ich jetzt wieder gesellschaftsfähig?"

„Carla, du bist auch mit einem fettigen Mund eine wunderschöne Frau."

Nachdem auch Markus seinen Döner aufgegessen hatte, nahm Carla eine weitere Serviette, wischte Markus den Mund ab und meinte lachend:

„Danke für das Kompliment! Du gefällst mir aber mit sauberem Mund viel besser."

Danach schauten sich die beiden noch für einige Zeit das Stadtviertel an, um anschließend pünktlich zur vereinbarten Zeit im „Eine-Welt-Laden" zu erscheinen. Laura hatte den Laden schon aufgeräumt und musste ihn nur noch abschließen:

„Na, wie gefällt euch unser Kiez?", fragte sie. Carla erwiderte:

„Die schönen alten Häuser gefallen mir sehr gut, aber ich muss mich noch an den Großstadt-Trubel gewöhnen."

„Das glaube ich dir! Wenn man aus der Provinz kommt, gibt es hier ein bisschen zu viel Unruhe. Aber es dauert nicht lange, bis du dich daran gewöhnt hast. Dann kannst du gar nicht mehr ohne diese Energie sein. Denn nichts anderes ist doch der Trubel."

„Kann sein! Ich lass mich mal überraschen! Ich bin schon total gespannt auf die Wohnung und deine Mitbewohner."

„Du wirst sie ja gleich kennenlernen. Ich schließe jetzt ab, und dann gehen wir los."

22

Nachdem der Laden verschlossen war, machten sich die drei auf den Weg zu dem Haus der Kommune. Sie waren kaum zwei Straßenzüge weiter gegangen, als Laura fragte:

„Ratet doch einmal, welches Haus es sein könnte, in dem wir wohnen. Ich meine: Welches würde wohl zu mir passen?"

Carla und Markus schauten sich lachend um. Als sie noch etwa hundert Meter zurückgelegt hatten, rief Markus:

„Ich glaube, das hier ist es!" Dabei deutete er auf ein uraltes Haus, welches mit rosa Farbe angestrichen war, sodass es unter den vielen anderen Häuser der Häuser-Zeile herausstach.

„Volltreffer", bestätigte Laura lächelnd. „Und wie gefällt es euch so auf den ersten Blick?" Carla meinte:

„Es hat eine positive Ausstrahlung. Ich denke, dort wohnen zufriedene und glückliche Menschen."

Und Markus bemerkte dazu:

„Bisschen viel Rosa, aber ansonsten ganz nett!"

Dann eröffnete Laura den beiden:

„Ich habe den anderen Kommunen-Mitgliedern schon euren Besuch angekündigt. Wenn wir Glück haben, sind alle dreizehn Mitbewohner anwesend. Das wird bestimmt total interessant. Lasst euch mal überraschen!"

Drei Stufen einer Steintreppe mussten erklommen werden. Dann öffnete Laura die alte Jugendstil-Haustür und bat ihre Gäste hinein. Im Flur fiel Carla sofort ein Sträußchen Lavendel auf, welches liebevoll arrangiert in einer schlichten Vase auf einem kleinen Tisch stand. An der Wand hingen zwei mittelgroße Ölgemälde, die prächtige Blumenbilder in impressionistischer Machart darstellten.

„Wie geschmackvoll schon der Flur eingerichtet ist", dachte Carla. Laura sah, dass die Bilder Carla sehr beeindruckten, und erläuterte:

„Die sind von unserer Mitbewohnerin Gudrun gemalt worden. Sie ist eine der Rentner, die bei uns leben."

„Ach, Ihr seid ein Mehr-Generationen-Haus?", fragte Markus überrascht. Laura bekräftigte:

„Ja! Und das ist für alle eine sehr große Bereicherung."

Es ging weiter bis zu dem Gemeinschaftsraum, in dem die Kommunen-Mitglieder sich bereits versammelt hatten, um die beiden Wohnungsanwärter zu begutachten. Bevor sie den Raum betraten, konnten sie schon die lebhaft geführten Gespräche der Kommunen-Mitglieder wahrnehmen.

Als die drei dann hineingingen, war mit einem Mal absolute Stille. Markus fühlte sich so, als würde er von tausend Augen gemustert. Er wagte es dann, den Blickkontakt mit einzelnen Bewohnern des Hauses zu suchen. Und siehe da –: Alle ließen eine freundliche und entgegenkommende Ausstrahlung erkennen, gepaart mit gesunder Neugierde, was die neuen potenziellen Mitbewohner anging. Laura bot den beiden einen Sitzplatz an:

„Meine lieben Mitbewohner, das hier sind Carla und Markus. Beide suchen eine Bleibe!"

Anschließend schaute sie in die Runde, holte tief Luft und begann ihre Mitbewohner vorzustellen:

„So, hier vorne sitzt die liebe Gudrun. Sie hat die wunderschönen Bilder erschaffen, die hier überall an den Wänden hängen. Daneben, das ist Olaf, sozusagen unser Mädchen für alles. Olaf ist ein handwerkliches Genie. Seitdem er im Ruhestand ist, profitieren wir alle davon. Der Mann mit den langen Haaren heißt Erik. Neben seinem Job als Taxifahrer ist er unentwegt mit dem Klassenkampf beschäftigt. Hinter Erik sitzt Reinhold, unser Bauer. Er baut auf einer großen Ackerfläche, die er von einer Schrebergarten-Genossenschaft gepachtet hat, Bio-Gemüse an. Diese Produkte werden wiederum von Anne und Christine in ihrem Bio-Laden vertrieben.

Der Blondschopf da hinten heißt Klaus und ist ein absoluter Gegner der Lohnarbeit. Er verrichtet nur Arbeiten, die er sich im Tausch mit Naturalien bezahlen lässt. Der mit der Brille und der Baskenmütze heißt Brian und ist Schriftsteller. Daneben sitzt unsere Inga, die hier im Haus Yoga-Kurse anbietet. Als letztes haben wir unseren Hardcore-Greenpeace-Aktivisten Ben.

So, meine lieben Mitbewohner, wie ihr wisst, hätten wir noch zwei Zimmer frei. Markus und Carla würden gern bei uns wohnen. Habt ihr Fragen an die beiden?"

Die hatten sie. Zuerst stand Brian auf:

„Was hat euch denn bewogen, nach Berlin zu kommen? Und warum wollt ihr in einer Wohngemeinschaft wohnen?" Markus erwiderte:

„Wir wollen unser altes Leben hinter uns lassen. Und dazu eignet sich meiner Meinung nach eine Großstadt am besten. Eine Wohngemeinschaft ist fast wie eine Familie. Und für Menschen, die alles hinter sich lassen, ist ein gewisser Familienanschluss sehr hilfreich."

Brian war anscheinend zufrieden mit der Antwort, denn er nickte und setzte sich anschließend. Dann stand Gudrun auf. Sie wollte wissen, ob sie einen Beruf haben. Dieses Mal antwortete Carla zuerst:

„Ich habe einige Zeit als Industrie-Kauffrau gearbeitet. Nachdem mein Sohn geboren wurde, war ich Hausfrau." Das machte Gudrun neugierig:

„Bringst du deinen Sohn denn mit in die Kommune?"

In diesem Moment nahm Carlas Gesicht plötzlich ganz andere Züge an, und sie schaute bedrückt vor sich hin:

„Mein lieber Sohn ist tödlich verunglückt."

Gudrun merkte sofort, dass sie in einer noch nicht verheilten Wunde gerührt hatte: Sie ging einfach mit geöffneten Armen auf Carla zu, um sie innig zu umarmen. Und Carla ließ es geschehen, als würde sie Gudrun schon seit langer Zeit kennen. Gudrun flüsterte:

„Es schmerzt noch sehr, nicht wahr? Irgendwann wird es nicht mehr so sehr wehtun. Dann ist es zu ertragen. Glaube mir Kleines, ich weiß, wovon ich spreche!"

Gudrun löste sich behutsam aus der Umarmung, um sich der Kommune zuzuwenden:

„Wir sollten die beiden bei uns aufnehmen. Ich meine, sie passen gut zu uns!" Da warf Ben ein:

„Warte, warte, nur weil der Carla etwas Schlimmes zugestoßen ist, müssen die beiden noch lange nicht zu uns passen. Wir kennen weder ihre ökologische, noch Ihre politische Einstellung."

Auch Brian mischte sich ein:

„Da muss ich Ben zustimmen! Möchtet Ihr uns vielleicht noch eure Einstellung zum Leben darlegen? Und um eines gleich klarzustellen: Mit rechtem Gedankengut und radikalen Religionsgruppen kann keiner aus unserer Kommune etwas anfangen. Ansonsten sind wir aber für sehr viel offen und respektieren das Anderssein." Markus erwiderte:

„Mit Politik habe ich nicht so sehr viel am Hut. Und wenn ihr wissen wollt, was ich für ein ökologisches Gewissen habe, kann ich nur sagen: Ich mag schnelle Autos, aber ich mag keine Kernkraftwerke. Ich verarbeite auch lieber Holz statt Kunststoff." Ben gefiel das nicht besonders:

„Das mit den schnellen Autos solltest du noch einmal überdenken. Und wer unpolitisch ist, muss deswegen nicht unproblematisch sein. Wovon wollt ihr denn eigentlich leben? Habt ihr schon eine Arbeitsstelle, oder möchtet ihr zuerst zur Arge?" Markus stellte klar:

„Ich habe eine Stelle in Aussicht, bei der ich mich morgen früh melden werde. Carla sollte sich aber zuerst hier einleben, ehe sie sich eine Arbeitsstelle sucht." Darauf schlug Reinhold vor:

„Carla könnte ja ein wenig bei mir aushelfen. Auf meinem Kartoffelacker müsste Unkraut gejätet werden. Diese

Arbeit ist nicht kompliziert, höchstens ein wenig körperlich anstrengend." Carla fragte lächelnd:

„Heißt das, ihr nehmt uns auf?" Reinhold schaute sich um:

„Wer ist dafür, dass die beiden bleiben? Ich bitte um Handzeichen!"

Tatsächlich hoben alle Mitbewohner ihren Arm. Damit durften sie sich als einstimmig aufgenommen fühlen. Reinhold bestätigte:

„Das Ergebnis ist eindeutig. Ihr seid bei uns aufgenommen!" Nun wandte sich Markus Carla zu:

„Dann müssen wir jetzt schnell unser Bett holen!"

„Ja genau, das wunderschöne Bett. Ein Lattenrost und die passende Matratze benötigen wir auch noch", bemerkte sie. Und Markus brachte sogleich eine Bitte vor:

„Wir könnten ein paar helfende Hände gebrauchen. Hat jemand von euch Zeit, um mit mir das Bettgestell vom Sozialkaufhaus abzuholen?"

„Klar, ich helfe doch gerne! Wir können das Gestell mit meinem Pritschenwagen transportieren, dann müssen wir uns nicht so abschleppen", antwortete Reinhold umgehend.

„Das ist sehr nett von dir. Ich nehme dein Angebot gerne an."

Auch Erik bot seine Hilfe an. Ohne noch lange zu diskutieren, fuhren die drei Männer los, um das Bett zu holen.

Anschließend fragte Olaf in die Runde:

„Wollen wir das Abendessen vorbereiten?"

Christine war sofort dafür:

„Gute Idee! Ich habe riesigen Hunger. Komm, lass uns schon einmal alles herrichten."

Als die drei Männer mit dem Bettgestell samt Lattenrost

und Matratze zurückkamen, wurden sie von den anderen Mitbewohnern mit einem reichhaltigen Abendessen überrascht.

Beim gemeinsamen Essen unterhielten sich die Bewohner angeregt über Gewohnheiten und Freizeitaktivitäten. Anschließend wurde das Schlafzimmer für die neuen Mitbewohner arrangiert. Bei den vielen helfenden Händen war diese Arbeit keine Plackerei. Gudrun steuerte auch noch Bettwäsche sowie zwei Federkissen bei, und Klaus lieh den beiden zwei Decken.

Nach und nach verabschiedeten sich die Mitbewohner, sodass die beiden irgendwann allein in ihrem neuen Zuhause waren.

„Siehst du, Carla", meinte Markus, „die erste Hürde für ein neues Leben ist genommen. Morgen stelle ich mich in der Firma vor, und vielleicht haben wir bald ein geregeltes Einkommen."

Markus ging nach der Abend-Toilette umgehend ins Bett, denn er wollte sich ausgeschlafen und frisch an der Arbeitsstelle zeigen. Olaf hatte ihm vorher noch seinen Wecker mit den Worten geliehen:

„Den brauche ich kaum noch, seitdem ich Rentner bin."

23

Am folgenden Morgen wurde er um fünf Uhr jäh von dem schrillen Alarm-Ton des Weckers aus dem Schlaf gerissen. Obwohl es die erste Nacht in der neuen Wohnung war, hatte er ungewöhnlich gut geschlafen. Da auch Carla durch den Lärm des Weckers aufgeweckt worden war, wies Markus darauf hin, sie könne ruhig noch weiter schlafen, weil Reinhold erst um neun Uhr aufs Feld wolle. Lächelnd zog Carla die Bettdecke über den Kopf und drehte sich auf die Seite – froh darüber, noch länger im Bett bleiben zu können.

Markus ging ins Bad und anschließend in die Küche, um zu frühstücken. Nach einiger Suche fand er Kaffee, Brot und Marmelade, also alles, was man für ein einfaches Frühstück benötigt. Als er beim Kaffeetrinken aus dem Küchenfenster schaute, verdrängte die Sommersonne gerade den letzten Morgendunst. Er dachte:

„Das wird bestimmt ein schöner Sommertag, aber ich werde wohl nicht viel davon haben."

Mit einem flauen Gefühl im Magen machte er sich auf den Weg zu seiner zukünftigen Arbeitsstelle. Als er das Haus verließ, schien die ganze Stadt zu erwachen. Der Straßenverkehr nahm spürbar zu: Es wurden Rollos hochgezogen und Hundebesitzer gingen mit ihren Hunden die morgendliche Runde.

Drei Straßenzüge weiter stand er vor dem Haus nahe der Belforter Straße. Die Fassade des alten Hauses machte einen leicht vernachlässigten Eindruck, denn es waren Risse im Putz und abblätternde Farbe zu erkennen. Die Sicht in den Innenhof des Hauses wurde durch ein großes Roll-Tor verhindert, in das eine Tür für Personen eingelassen war. Direkt neben der Tür befand sich ein Klingelknopf mit dem Namensschild „Otto Braunschweiger". Kurz entschlossen betätigte er die Klingel. Einen Augenblick danach öffnete ein junger Mann die Tür:

„Du der Neue?" Markus bestätigte nickend:

„Ja, ich bin der Neue.“

„Chef komme erst später. Ich Dir schon mal alles zeigen, komm!“

„Ja, dann los.“

Sie gingen durch den Hinterhof, der mit gestapelten Paletten vollgestellt war, in den hinteren Teil des Hauses, wo sich eine Werkstatt befand. Beim Öffnen der Werkstatt-Tür kam den beiden ein ohrenbetäubender Lärm entgegen. Als Markus in die Werkstatt schauen konnte, bemerkte er die Ursache des Lärms: Fünf Männer, die mit Nagelpistolen bewaffnet waren, fügten Bretter so zusammen, dass Paletten daraus entstanden. Der Mann, der ihn empfangen hatte, erklärte ihm:

„Siehst du? Bretter in Vorrichtung legen, dann nageln mit Maschine, dann umdrehen und noch mal nageln. Ganz einfach. Schau mal, wie der das da macht!“

Dann führte der Mann Markus an eine Vorrichtung, die von niemandem belegt war:

„Dies dein Platz! Hier deine Nagelpistole. Aber sei vorsichtig damit! Ich bringe immer Bretter heran für alle. Du musst nur nageln und stapeln! Verstanden?“

Markus nickte abermals und schaute sich danach zu seinen Kollegen um, die total verbissen nagelten, ohne ihren neuen Kollegen überhaupt wahrzunehmen. Er griff dann seine Nagelpistole, bestückte zum ersten Mal eine Vorrichtung mit den Brettern und nagelte los. „Tang, tang, tang…“ hallte es pausenlos laut durch die Werkstatt. Der Mann beobachtete eine Zeit lang den Neuen und wandte sich dann zufrieden ab, um die anderen Männer mit Brettern zu versorgen.

Markus hielt kurz inne, um sich zum Schutz des Gehörs jeweils ein Stück seines Papiertaschentuches in die Gehörgänge zu stopfen. Dies milderte den Krach merklich ab, sodass er sich weitgehend ungestört seiner Arbeit zuwenden konnte.

Nach etwa vier Stunden pausenloser Arbeit ertönte ein kurzes Signal, auf das hin alle Mitarbeiter aufhörten zu arbeiten. Sie holten sich schnell ihre Getränke und Pausenbrote. Während die Männer aßen, war absolute Stille in der Werkstatt: Alle widmeten sich ihren Broten. Keiner sprach ein Wort. Markus war sich sicher, dass die Kollegen die Ruhe nach all dem Krach genossen. Vielleicht sprachen sie aber auch nicht miteinander, weil sie aus den unterschiedlichsten Herkunftsländern stammten.

Kaum hatten die Kollegen ihre Pausen-Rationen verzehrt, ertönte das Signal erneut, sodass sie sich an ihre Arbeitsplätze begaben. In kürzester Zeit war der vorherige Lärmpegel wieder erreicht. Die Männer stellten eine Palette nach der anderen im Akkord her. Markus, der harte Arbeit gewohnt war, machte dies überhaupt nichts aus. Der Krach in der viel zu kleinen Werkstatt mit ihrer geringen Raumhöhe nervte ihn halt ein wenig.

Mehr Sorgen machte er sich über das Gespräch mit dem Chef dieser Firma. Wenn der ihn offiziell anmeldete, würde bestimmt auffliegen, dass er aus der Geschlossenen geflohen ist. Er dachte:

„In so einer Bude ist es vielleicht möglich, schwarz zu arbeiten. Ganz bestimmt ist das sogar möglich: Die Kollegen machen mir ja nicht den Eindruck, als wären alle von ihnen ordentlich angemeldet. Die Sicherheitseinrichtungen lassen auch zu wünschen übrig. Keiner trägt hier einen Gehörschutz oder Sicherheitsschuhe."

Und Markus nagelte dabei fleißig weiter: „tang, tang, tang …" Etwa weitere fünf Stunden später ertönte das Signal abermals. Auch dieses Mal ebbte der Lärm schlagartig mit dem Ertönen des Signals ab. Es dauerte nicht lange, bis es absolut still in der Werkstatt war. Die Arbeiter lösten ihre Nagelschuss-Apparate von den Pneumatik-Schläuchen und übergaben diese dann dem Vorarbeiter. Anschließend wurde die Werkstatt von den Kollegen ausgefegt, sodass am nächsten Tag sofort wieder ungestört mit dem Zusammennageln der Paletten begonnen werden konnte.

Danach stellten sich die Männer in einer Reihe vor einer Durchreiche auf, deren Rollos direkt nach dem Signal geöffnet worden waren. Hinter der Durchreiche stand ein etwa fünfzigjähriger Mann mit grauem, penibel seitlich gescheiteltem Haar. Bereits seine Kleidung ließ erkennen, dass er zur Verwaltung gehörte. Der Vorarbeiter stellte sich jeweils mit einem der Arbeiter an die Durchreiche und sagte hinein:

„Soll erfüllt!" Dann kam von der anderen Seite:

„Macht fünfundvierzig Euro. Hier, den Empfang bestätigen!"

Der Arbeiter unterschrieb dann und bekam seinen Tageslohn ausgehändigt. So ging es der Reihe nach, bis irgendwann Markus vor der Durchreiche stand. Der Vorarbeiter meinte gleichgültig:

„Das ist der Neue: ganz gut, aber Soll noch nicht erfüllt."

Der Mann von der Verwaltung schaute lächelnd durch die Durchreiche und stellte zu Markus gewandt fest:

„Ah, der Neue! Hören Sie zu, guter Mann. Bei uns gibt es nur Tagelöhner. Wenn ich Aufträge habe, können Sie bei mir arbeiten. Bei mir gibt es keine Bürokratie: Sie sind nicht versichert oder so. Es gibt bei mir Geld cash auf die Hand, nach Leistung natürlich. Wenn Sie wollen, können Sie morgen wiederkommen. Für heute bekommen Sie erst einmal 35 Euro. Wenn Sie das Gleiche leisten wie ihre Kollegen, bekommen auch Sie 45 Euro am Tag."

Markus nahm die 35 Euro entgegen, bestätigte den Erhalt des Lohnes mit seiner Unterschrift und bedankte sich. Anschließend machte er sich auf den Heimweg. Da er noch keinen Haustürschlüssel für die Wohnung hatte, schellte er. Nach einigen Minuten öffnete Brian die Tür:

„Na, wie war denn dein erster Arbeitstag?"

„Du, wenn ich ehrlich bin, ganz schön anstrengend, weil ungewohnt."

Gemeinsam gingen sie in das Haus. Währenddessen fragte er weiter:

„Und? Darfst du wiederkommen?"

„Solange der Chef Aufträge hat: ja. Ich bin dort Tagelöhner."

„Was, ein Tagelöhner? So etwas gibt es noch in Deutschland?"

„Ich möchte nicht wissen, was es sonst noch alles in Deutschland gibt!"

„Wirst du denn einigermaßen entlohnt?"

„Na ja, ich habe für neun Stunden Akkord-Arbeit 35 Euro bar auf die Hand bekommen."

„Immerhin! Bis ich mit der Veröffentlichung eines Buches Geld verdiene, können Jahre vergehen!"

„Und womit bestreitest du dazwischen deinen Lebensunterhalt?"

„Ich bekomme Arbeitslosenhilfe."

„Muss man denn nicht zuerst Arbeitslosenversicherung einzahlen?"

„Ja, aber für Künstler gibt es da Sondertarife."

„Das glaube ich dir! Denn nur wenige Schriftsteller verdienen richtig gut an ihren Werken. Bei uns Handwerkern wird immer von der Lohnbuchhaltung automatisch an das Finanzamt überwiesen. Und solltest du ein paar Euro über den Jahresdurchschnitt verdienen, dann wird man auch noch vorversteuert. Dann ziehen sie einem alle drei Monate nochmals 'nen ordentlichen Batzen vom Girokonto ab – egal, ob es im Soll oder Haben steht. Aber damit ist es vorerst vorbei: Bei der neuen Firma bin ich überhaupt nicht versichert."

„Mensch, das ist ja Schwarzarbeit! Wenn die dich erwischen, wird es sehr unangenehm für dich."

„Die kriegen mich schon nicht. Da mach dir mal keine Sorgen –: Hauptsache, es bleibt das, was ich dir eben gesagt habe, unter uns!"

„Da brauchst du keine Bedenken haben. Ich schweige wie ein Grab", sagte Brian lächelnd und haute Markus dabei wohlwollend auf die Schulter.

24

Markus ging auf sein Zimmer, schloss die Tür hinter sich und warf sich erschöpft aufs Bett. Er blickte zur Zimmerdecke hoch, von der eine einfache Fassung mit Glühbirne statt einer Lampe herunterhing. Dabei begann er darüber nachzudenken, wie die letzten Tage so verlaufen sind:

„Jetzt hab ich erst mal einen Job und ein Dach über dem Kopf. Es scheint ja wirklich mit mir aufwärts zu gehen. Was Doris wohl macht? Ob sie mich vielleicht vermisst? Nein, bestimmt nicht! Sie treibt es ja lieber mit solchen Fatzken wie Dr. Ridderbusch, als mit mir. Aber vielleicht macht sie sich doch Sorgen? Sie hat ja keine Ahnung, wo ich bin! Ich muss sie unbedingt anrufen, damit sie weiß, dass ich mir nichts angetan habe! Ja, gleich, wenn ich mich ein wenig ausgeruht habe, werde ich sie anrufen. Außerdem muss ich meinen lieben Eltern endlich mitteilen, dass es mir gut geht."

Markus' Gedanken drehten sich noch eine Weile im Kreis. Dabei schlief er erschöpft ein. Anderthalb Stunden später kam Carla ins Zimmer und weckte ihn unbeabsichtigt:

„Sorry, Markus, ich wollte dich nicht wecken! War dein erster Arbeitstag so anstrengend, dass du den ganzen restlichen Tag verschläfst?"

Markus antwortete ein wenig schlaftrunken:

„Hm, Carla, war schon ganz schön anstrengend. Und wie ist es dir ergangen?"

„Ich war den ganzen Tag an der frischen Luft, doch Reinhold hat mich bei der Arbeit richtig geschont. Du musst dir vorstellen: Ich habe Kartoffelkäfer gesammelt und Unkraut gezupft."

„Was, du hast Kartoffelkäfer gesammelt? Das hat man doch vor sechzig Jahren gemacht. Jetzt gibt es Insektizide gegen solche Schädlinge."

„Ja, das stimmt; aber Reinhold ist doch Biobauer. Hast du das schon vergessen?"

„Jetzt, wo du es sagst, fällt es mir auch wieder ein", sagte

Markus lächelnd darauf.

„Bei dem schönen Wetter hat mir die Arbeit richtig Spaß gemacht. Nur das Verfüttern der Kartoffelkäfer an die Hühner fand ich ein wenig grausam. Die kleinen Krabbelkäfer haben mir leid getan. Aber Reinhold hat mir erklärt: Wenn wir die Kartoffelkäfer nicht töten würden, könnten wir keine einzige Kartoffel ernten. Und damit war die Angelegenheit für mich in Ordnung."

„So kenne ich meine Carla –: Hat sogar Mitleid mit den Käfern!", feixte Markus.

„Mensch, du bist unmöglich. Ich achte halt das Leben!" Dieser Satz saß; und Markus dachte:

„Ja, deine Einstellung ist schon in Ordnung. Wir alle sollten dem Leben von Mitgeschöpfen mehr Achtung entgegenbringen." Dann entgegnete er:

„Du bist halt ein lieber Mensch – durch und durch gutmütig und mitfühlend!"

„Willst du dich jetzt etwa über mich lustig machen. Oder wie darf ich deine Ansprache verstehen?"

„Komm, hör auf, Carla; du weißt genau, wie ich es meine!"

„Na gut, ich werde dir dein loses Mundwerk noch einmal verzeihen, wenn du mir beim Herrichten des Abendbrots hilfst!"

„Nichts lieber als das! Ich werde mich nur ein wenig frisch machen. Dann komme ich in die Küche."

„Schön, ich gehe schon einmal vor. Bis gleich!"

Markus schwang sich aus dem Bett, eilte ins Bad und machte sich anschließend auf den Weg in die Küche. Dort angekommen, drückte Carla ihm ein Körbchen mit frisch geschnittenem Brot und einen Teller mit Aufschnitt in die

Hände. Markus brachte alles in den Speiseraum und ging danach wieder in die Küche. So lief er mehrfach hin und her.

Zur gleichen Zeit trudelten nach und nach alle Mitbewohner im Speiseraum ein. Sie sprachen entspannt miteinander. Man reichte sich Brot, schenkte Tee ein oder füllte frischen Salat auf die Teller. Kaum hatte sich Markus gesetzt, bekam auch er von Gudrun einen Teller mit gemischtem Salat hingestellt. Die sagte schmunzelnd:

„Wer hart arbeitet, muss etwas Gesundes zu essen haben." Markus entgegnete:

„Das stimmt wohl! Es war heute wirklich ein anstrengender Tag – sehr ungewohnte Arbeit, die ich verrichten musste. Ich denke, ich werde mich aber mit Sicherheit im Laufe der Zeit an die Umstände gewöhnen."

„Das glaube auch ich. So ein kräftiger Bursche wie du wird das schon schaffen."

Carla und Laura saßen nebeneinander und unterhielten sich über den biologischen Anbau auf Reinholds Feldern. Irgendwann fragte Laura unvermittelt:

„Sag mal, Carla, du und Markus – : Ihr schlaft in einem Bett. Aber wie ein Pärchen kommt ihr mir nicht vor!"

„Das hast du richtig erfasst: Wir sind kein Paar."

„Ja, warum schlaft ihr dann in einem Bett? Wir können euch doch zwei Zimmer zur Verfügung stellen."

„Das ist gar nicht so einfach zu erklären. Markus und ich –: Wir sind eine Schicksalsgemeinschaft. Und vorerst ist das alles so in Ordnung, wie es ist", meinte Carla leise. Laura stellte dazu fest:

„Hm, muss ich das verstehen? Ich glaube, eher nicht! Aber jeder ist seines Glückes Schmied."

Carla dachte:

„Soll sie doch von uns halten, was sie will! Seitdem Markus neben mir schläft, fühle ich mich jedenfalls viel besser. Er tut mir einfach gut. Ich fühle mich in seiner Nähe geborgen. Warum sollte ich jetzt etwas daran ändern? Solange Markus kein eigenes Zimmer haben möchte, schlafe ich bei ihm."

Anne, die gemeinsam mit Christine einen Bioladen betrieb, fragte Carla:

„Was meinst du –: Wann sind die Kartoffeln auf Reinholds Acker so weit? Unsere Kunden erkundigen sich schon danach. Sie sind sehr zufrieden mit der Qualität."

„Reinhold hat mir mitgeteilt, es würde wohl etwa noch anderthalb Wochen dauern, bis es so weit ist. Ich werde ihm dann bei der Ernte helfen."

„Dir scheint die Arbeit mit Reinhold zu gefallen. Das freut mich."

25

So unterhielten sich die Mitbewohner über Alltägliches – oder wie Ben sogar über grundsätzliche Systemveränderungen. An diesem Tag hatte er sich die Vergeudung von Lebensmitteln als Thema ausgesucht. Er machte wie immer lange Ausführungen. Die begann er so:

„Da bauen wir Mais an, um ihn in Biogasanlagen zu werfen. Die Äcker werden dabei regelrecht vergewaltigt. Ihr müsst euch vorstellen: Ich habe von einem Freund Fotos zugesandt bekommen, worauf zu erkennen ist, dass auf einer Fläche, die als Naturschutzgebiet ausgewiesen ist, Mais angebaut wird. Nein, das wollt ihr nicht glauben? Das war sogar kein Einzelfall, sondern so wird das schon fast regelmäßig praktiziert. Fotos von drei derart bearbeiteten Feldern hat er mir geschickt und gesagt, er könne mir ohne Probleme noch viele solcher Beweise zukommen lassen. Ich werde das Umweltministerium anschreiben und auf Abstellung dieser Praktiken pochen." Nach einer kleinen Pause fuhr er mit seiner Rede fort:

„Dass meine Zunftkollegen solche Dinge praktizieren – unglaublich! Aber ich weiß, was dahintersteckt: Es ist wie immer das schnelle Geld. Ich meine, in dieser Angelegenheit ist die ökologische Bewegung nicht ganz unschuldig. Die Biogas-Anlagen waren doch eine Erfindung von alternativen Gruppen. Bloß verwendeten diese Gruppen in ihren Anlagen biologischen Abfall, um sie zu betreiben. Jetzt werden aber extra Pflanzen wie der Mais angebaut, um sie anschließend in den Faul-Bottich der Biogasanlage zu werfen. Das ist doch Wahnsinn! Der Acker wird gepflügt, gedüngt, besät und mit Insektiziden besprizt, um die Ackerfrüchte dann anschließend verfaulen zu lassen – und das auch noch mit dem Anspruch auf ökologisches Handeln! Nein, nein, nein! Mein Vater hätte solch ein Handeln als große Sünde an der Menschheit betitelt. Und ich stehe meinem Vater in nichts nach."

Alle Mitbewohner klopften nach Reinholds flammender Ansprache anerkennend mit ihren Fäusten auf den Tisch. Den Abwasch des Geschirrs übernahmen an diesem Abend einige der Mitbewohner. So konnten sich Carla und Markus auf ihr Zimmer zurückziehen. Markus meinte:

„Ja, unser Neuanfang scheint zu gelingen." Carla entgegnete:

„Na, ist das nicht ein wenig vorschnell geurteilt? Warte erst mal ab! Es gibt ganz bestimmt noch Schwierigkeiten."

„Du darfst nicht immer so schwarzsehen. Für mich war das wirklich ein guter Anfang."

„Wie du selber sagst: Anfang. Wir sind erst am Anfang eines neuen Weges!"

In diesem Augenblick fiel Markus wieder ein, dass er seine Ehefrau anrufen wollte – und vorher auf jeden Fall auch seine Eltern.

„Entschuldige mich für einen Moment. Ich habe noch eine Kleinigkeit zu erledigen."

Markus ging zurück in den Speiseraum, um nach einem Telefon zu fragen. Dort traf er auf Inga:

„Sag mal Inga, habt ihr eigentlich ein Gemeinschaftstelefon?" Inga schaute Markus fragend an und antwortete dann:

„Ihr? Du gehörst jetzt zu uns! Deswegen solltest du ‚wir' sagen. Und um auf deine Frage zu kommen –: Das Gemeinschaftstelefon steht oben im ersten Stock auf dem Flur. Neben dem Telefon steht ein Sparschwein. Da steckt jeder, der telefoniert, fünfzig Cent rein."

Markus nickte kurz und machte sich auf den Weg zum Telefon. Nachdem er die paar Stufen zum ersten Stock hinter sich gelassen hatte, stand er vor einem uralten Kabel-Telefon mit Wählscheibe:

„Zuerst muss ich endlich meine Eltern anrufen. Die werden sich fragen, wo ich bin. Und von dieser Anstalt aus war es mir ja nicht möglich anzurufen."

Seine Eltern waren in der Tat besorgt, obwohl er ja auch sonst höchstens einmal in der Woche mit ihnen gesprochen hatte und sie sehr oft irgendwo unterwegs waren, Freunde besuchen usw. Offenbar waren sie aber glücklicherweise nicht von Doris darüber unterrichtet worden, in welcher Situation ihr Sohn sich befand, sonst hätten sie sich dazu geäußert.

Obwohl es ihm wirklich nicht behagte, erzählte er seinen Eltern eine ausgedachte Geschichte. So teilte er ihnen mit, dass er wegen des Unfalls eines Freundes überstürzt habe nach Bayern reisen müssen, der seine Hilfe dringend benötigte. Auch sei dieser gerade mit größeren Arbeiten am Haus beschäftigt gewesen, wobei er ihm nun helfen müsse. Es gebe so viel zu tun, dass es einige Zeit beanspruchen werde. Markus versprach schließlich, dass er sich auf jeden Fall melden würde, wenn er alles erledigt habe und zurück sei.

Eine ganze Weile stand er dann unentschlossen vor dem Telefon. Denn er war sich auf einmal nicht mehr sicher, ob der Anruf bei Doris wirklich sinnvoll wäre.

„Ich werde ihr nur sagen, dass ich lebe – mehr nicht", dachte er und griff nach dem Hörer.

Er wählte. Dann schellte es dreimal, bis der Anruf entgegengenommen wurde:

„Niggemeier."

Als Markus Doris' Stimme hörte, stockte ihm der Atem.

„Hallo, wer ist dort? Hallo? Markus? Bist du es Markus…?"

„Ja", hauchte Markus leise in den Hörer.

„Markus! Du lebst! Markus, komm schnell wieder nach Hause. Alles wird gut, glaube mir!"

„Ich...ich kann nicht. Wie kommst du darauf, ich sollte

einfach so nach Hause zurückkehren, als sei nichts gewesen?"

„Bitte komm zurück! Alles wird wie früher. Wir hatten es doch gar nicht so schlecht. Denk doch mal daran."

„Stimmt irgendwie. Es gab durchaus auch gute Zeiten. Aber dein Kinderwunsch, den ich nicht erfüllen konnte, sorgte doch immer wieder für Spannungen. Sonst würdest du ja nicht mit anderen Männern rumturteln."

„Für den unerfüllten Kinderwunsch kannst du doch gar nichts!"

„Wie darf ich das verstehen?"

„Es liegt doch nicht an dir, dass wir keine Kinder haben. Ich brauche nur die Pille absetzen, dann wird es schon klappen!"

„Du nimmst die Pille? Ach ja! Hattest du nicht immer mir allein die Schuld daran gegeben, dass wir keine Kinder haben? Ich dachte wirklich, ich sei unfruchtbar."

„Was? Das war doch nur ein Spaß – wirklich nur ein Spaß! Ehrlich! Wie gesagt, ich nehme die Pille. Und wenn du zurückkommst, setze ich sie für dich ab!"

Markus wurde ganz ruhig, aber seine Stimme gewann an Schärfe:

„So, so, nur ein Spaß war das? Wir hätten zusammen eine richtige Familie haben können. Und du wusstest, wie wichtig mir dieser Kinderwunsch war!"

„Wenn ich gewusst hä…", versuchte Doris zu erwidern, aber da wurde sie von Markus unterbrochen:

„Ja, ein Spaß! Ein Riesenspaß war das für dich! Aber eines ist mir jetzt klar: Du wirst mich nie wiedersehen!"

Dann legte Markus den Hörer auf die Gabel, ohne auf eine Reaktion von Doris zu warten. Ganz langsam tat er das: Diesen Schluss-Strich wollte er zumindest der Form halber mit Würde ziehen. Aber innerlich kochte Markus vor Wut:

„Warum hat sie mir das nur angetan? Und solch eine Frau habe ich über alles geliebt! Schluss – aus – vorbei!"

Aufgewühlt von dem Gespräch kehrte er in sein Zimmer zurück. Schweigsam setzte er sich auf die Bettkante und schaute bedrückt auf den Fußboden. Carla, die sich schon ins Bett gelegt hatte, fiel sofort Markus' Niedergeschlagenheit auf. Vorsichtig fragte sie:

„Geht es dir nicht so gut, Markus?"

Da Markus mit einer Antwort zögerte, versuchte sie es erneut:

„Willst du mir nicht erzählen, was dich bedrückt?" Da wandte er sich Carla zu:

„Wenn ich dir erzähle, was mir widerfahren ist, wird dir schlecht!"

„Nun sag schon! Was ist denn nur passiert?"

„Ich habe meine Frau angerufen, um ihr mitzuteilen, dass ich noch lebe."

„Und hat sie dich angegriffen?"

„Nein, eben nicht! Sie sagte zu mir, wenn ich zu ihr zurückkäme, würde alles wieder gut! Sie wolle sogar ein Kind mit mir!"

„Aber Markus, dass hört sich doch prima an! Nichts wie ab nach Hause!"

Carla meinte es aufrichtig, aber Markus war noch nicht auf den für ihn entscheidenden Punkt gekommen:

„Ich wurde so was von verarscht –: Das ist einfach nur zum Heulen!"

„Komm Markus, erzähl mir schon, was sie dir angetan hat!"

„Doris hat mir jahrelang einen Kinderwunsch vorgegaukelt. Dabei hatte sie niemals ihre Pille abgesetzt. Und ich habe schon gedacht, ich sei unfruchtbar."

„Wie bitte? Verstehe ich dich richtig? Deine Frau hat dich glauben lassen, sie wolle ein Kind; und da es nicht geklappt hat, gingst du davon aus, du seist unfruchtbar?"

„Genau! Sie hat die Pille nicht abgesetzt. Mir aber wurden immer wieder unterschwellige Vorwurfe gemacht, dass ich keine Kinder zeugen könne."

„Was? Es gab auch noch Vorwürfe?"

„Genau! Schlimm, nicht wahr? Beim Telefongespräch äußerte sie, das sei nur ein Spaß gewesen."

„Echt, ein sehr einfallsreicher Spaß! So etwas macht man nicht mit dem Menschen, den man liebt!"

„So ist es! Da sind wir einer Meinung. Sie wird mich nicht wiedersehen – außer vor Gericht."

„Warum muss man einen vermeintlich geliebten Menschen nur so verletzen? Ich kann das nicht verstehen."

Markus richtete seinen Blick auf die hellgrüne Tapete und meinte ein wenig abwesend:

„Wer weiß, warum? Vielleicht aus Egoismus oder Narzissmus, oder sogar nur aus unüberlegtem Handeln. Für mich war der heutige Tag voller neuer Erfahrungen und Erkenntnisse. Ich bin fix und fertig. Ich brauche jetzt erst einmal 'ne Mütze Schlaf."

„Ja Markus, das kann ich verstehen. Aber auch ich bin heute sehr müde von der ungewohnten Landarbeit. Lass uns schnell zu Bett gehen! Dann sind wir für den morgigen Tag fit."

Markus nickte, stand wortlos auf, machte sich schnell fertig und fiel dann völlig erschöpft ins Bett. Er schlief sehr unruhig. Und Carla machte sich ernsthaft Sorgen um Markus, sodass sie in dieser Nacht noch lange Zeit wach blieb.

Markus wälzte sich, von verstörenden Träumen aufgewühlt, hin und her. Sie versuchte, ihn ganz sanft zu beruhigen, indem sie sich nah an seinen Körper schmiegte. Wenn er sich ächzend umdrehte, legte sie anschließend ihren Arm um ihn, weil sie ihm Halt geben wollte.

Sie hatte den Eindruck, dass er dadurch wesentlich ruhiger wurde. Irgendwann schlief auch Carla ein, obwohl er mit den Zähnen knirschte und ab und zu laut aufstöhnte.

Als die beiden am nächsten Morgen vom Schellen des Weckers geweckt wurden, lagen sie engumschlungen beieinander. Carla schaute Markus lächelnd an und sagte:

„ Guten Morgen, wie geht es dir?" Markus reagierte darauf schlaftrunken:

„Guten Morgen. Wenn ich so liege, geht es mir gut."

„Ich bin noch ganz schön müde. Aber ich darf mich ja noch einmal umdrehen. Die Arbeit bei Reinhold beginnt glücklicherweise erst um neun Uhr."

„Du hast es gut! Ich muss jetzt los, obwohl ich noch hundemüde bin. Auch habe ich zudem Kopfschmerzen. Ich muss wohl eine Tablette nehmen."

Carla munterte ihn mit den Worten auf:

„Augen zu und durch! Heute Abend schauen wir beide uns gemütlich einen guten Film im Fernsehen an, schlage ich vor. Dann kommst du auf andere Gedanken."

Markus genoss Carlas Fürsorge:

„Das ist wirklich lieb von dir, Carla. Ich freue mich jetzt schon auf heute Abend."

Dann stieg er aus dem Bett, um sich für die Arbeit fertig zu machen.

26

Auch an diesem Morgen erreichte er seinen Arbeitsplatz pünktlich. Sofort mit dem Ertönen des Signals begann Markus die Paletten zu nageln: „tang, tang, tang…" Trotz seiner Kopfschmerzen arbeitete er voller Elan, um die geforderte Stückzahl zu erreichen.

Reinhold und Carla fuhren gemeinsam zum Gemüsefeld, um dort nach dem Rechten zu sehen. So gingen sie durch die Reihen, weil sie vorhatten, den Blumenkohl, den Rotkohl, die Mohrrüben und die Zwiebeln von Unkräutern zu befreien. Da es seit längerer Zeit nicht mehr geregnet hatte, musste das Feld auch bewässert werden. Reinhold verfügte nur über eine kleine Bewässerungsanlage, weshalb diese Arbeit sehr zeitaufwendig war. Er erzählte Carla voller Stolz:

„Schau, Carla, die Anlage wird mit Solarzellen betrieben. Und das Wasser, welches wir zum Bewässern benötigen, stammt aus einem unterirdischen Tank, der zuvor mit Regenwasser befüllt wurde."

„Mensch Reinhold, dein Projekt scheint ja von vorn bis hinten genau durchdacht zu sein!"

„Ja, das meinte auch ich anfangs. Aber ich musste schon ganz schön viel Lehrgeld zahlen. Was du jetzt an Erfolgen siehst, sind die Früchte eines jahrelangen Erfahrungsprozesses. Du kannst mir glauben, dass ich oft kurz davor war, alles hinzuschmeißen. Einmal hat mir eine Raupen-Invasion das Gemüse zerstört, und im Jahr danach legte ein kräftiger Sturm mein Getreide flach, sodass es nahezu verdorben war."

„Ein Mann wie du gibt halt nicht so schnell auf", meinte Carla anerkennend.

„Was wäre mir denn geblieben, wenn ich aufgegeben hätte? Nichts! Meine Ersparnisse und all mein Wirken stecken in diesem Projekt. Und eines kannst du mir glauben: Allein schon wegen der Neider, die mir einen Erfolg missgönnen, musste ich die Durststrecken durchstehen."

„Neider hast du auch? Was sind das für Leute?"

„Was denkst du? Natürlich meine Zunftgenossen, die mit den zurzeit üblichen Mitteln arbeiten. Die warten doch nur darauf, dass ich es vermassele. Dann könnten sie sagen: ‚Ich habe es ja gewusst: Diese ganze ökologische Sache kann mit der konventionellen Landwirtschaft nicht mithalten!' Diesen Gefallen werd' ich ihnen aber nicht tun."

„Schön, dass Anne und Christine deine Erzeugnisse gleich weitervermarkten. Wie mir Anne schon berichtete, habt ihr euch sogar eine Stammkundschaft aufgebaut."

„Ja, die beiden sind sehr gute Verkäuferinnen –: immer am Lächeln und voller Lebensfreude. Das mögen die Kunden. Solch eine freundliche Ausstrahlung ist von großem Vorteil und unbezahlbar!"

„Da hast du wohl recht: Lebensfreude ist unbezahlbar", stellte Carla dazu nachdenklich fest.

„Na, na, wer wird denn da anfangen zu grübeln? Auch deine Lebensfreude wird zurückkehren, dessen bin ich mir sicher. Die Zeit der Trauer wird irgendwann aufhören und der Schmerz verblassen, sodass er nicht mehr so quält.“

„Ich möchte dir das gerne glauben – aber ob Tag oder Nacht: Der Schmerz brütet in mir. Er zerstört mich und meine Nerven von Tag zu Tag mehr.“

„So, jetzt geht es erst einmal dem Franzosenkraut an den Kragen!“, erwiderte Reinhold und griff beherzt zu seiner Hacke. Reinhold dachte:

„Da hilft keine Diskussion. Die Frau muss abgelenkt werden! Wenn sie heute Abend todmüde ins Bett fällt, hat sie bestimmt keine Kraft mehr, um über ihre Sorgen nachzudenken. Harte körperliche Arbeit kann auch heilsam sein.“

Reinhold nahm sich an diesem Tag vor, das Feld besonders gründlich vom Unkraut zu befreien. Damit wollte er Carla an ihre körperliche Grenze bringen. Er ging durch die langen Gemüsereihen und entfernte mit der Hacke die Unkräuter, wobei er lauthals sang:

„Hejo, spann den Wagen an, denn der Wind treibt Regen übers Land. Holt die gold‘nen Garben, holt…“

Auch Carla griff schmunzelnd nach ihrer Hacke, um damit die Reihen zu säubern. Gegen Mittag machten die beiden eine kleine Pause, um anschließend bis in die späten Abendstunden weiter auf dem Feld zu arbeiten.

Als sie dann passend zum Abendessen die Kommune erreichten, war Carla mehr als erschöpft. Wegen der ungewohnten Arbeit hatte sie sich einige schmerzhafte Blasen an den Händen zugezogen. Aber ohne zu jammern oder gar zu murren half sie bei den Vorbereitungen zum Abendessen. Als Carla auf Markus traf, fragte sie:

„Na, wie war heute dein Arbeitstag?“ Markus antwortete lächelnd:

„Heute war der Tag nicht so anstrengend wie gestern. Der Chef hat alle Arbeiter nach sechs Stunden fortgeschickt, weil seine Aufträge abgearbeitet waren. Du musst dir vorstellen: Es gab deshalb nur einen Lohn von 25 Euro! Wir sollen aber morgen früh wieder zur Arbeit antreten. Der Chef glaubt, bis dahin hätte er wieder einen Auftrag reingeholt."

Carla bemerkte dazu:

„Du hast wirklich kein einfaches Los gezogen, wie? Bei Reinhold und mir ging es heute aber ebenfalls ganz schön zur Sache. Schau dir einmal meine Hände an!", und zeigte Markus ihre mit etlichen Blasen verunstalteten Handflächen.

„Mensch, da hast du ja ganz schön geackert! Deine Hände sehen ja richtig krass aus. Ich glaube, du musst ein wenig kürzertreten. Du darfst es mit der harten Arbeit nicht übertreiben!"

„Reinhold hat die gleiche Arbeit verrichtet wie ich. Aber er ist weder so erschöpft wie ich, noch sehen seine Hände so zerschunden aus wie meine. Ist doch ungerecht, oder?", meinte Carla und fing an zu gähnen. Markus stimmte lachend zu:

„Ja, so sieht es aus: Das ist wirklich ungerecht. Ich denke, wir gehen heute wieder früh zu Bett."

„Das ist eine sehr gute Idee. Ich bin todmüde. Hoffentlich hat Reinhold morgen eine leichtere Arbeit für mich. Noch so einen Tag halte ich bestimmt nicht durch."

„Reinhold wird dich morgen ganz sicher schonen."

„Das hoffe ich auch, sonst breche ich irgendwann zusammen."

Nach dem Abendessen gingen sie gemeinsam auf ihr

Zimmer. Die Sonne war noch nicht einmal untergegangen, als sie sich ins Bett begaben. Obwohl es eigentlich dafür zu hell im Zimmer war, fiel Carla fast unmittelbar nach dem Hinlegen erschöpft in einen tiefen, traumlosen Schlaf.

Markus schaute noch eine Weile auf die Lichtspiele, die das Laub der vorm Haus stehenden Linde an die Schlafzimmerwand projizierte. Von der Straße her hörte er spielende Kinder kichern und streiten. Auch die Geräusche des niemals ganz ruhenden Straßenverkehrs waren zu vernehmen. In dieser entspannten Verfassung ging ihm durch den Kopf:

„Ist doch ein anderes Leben hier in der Stadt. Niemals ist es wirklich still oder ganz dunkel. Aber mit der Kommune scheinen wir großes Glück gehabt zu haben." Dann schaute er sich die ruhig schlafende Carla an:

„Ganz rosige Wangen hat sie von der Arbeit an der frischen Luft bekommen. Ist schon irgendwie komisch: Wir ziehen in die Großstadt, und Carla fängt mit der Landarbeit an. Irgendetwas hat sie, was andere nicht haben. Ich mag sie sehr."

Über diese Gedanken schlief Markus ein. Er wurde erst wieder wach, als der Wecker am nächsten Morgen bösartig schellte. Wie üblich eilte Markus ins Bad, um sich für den Tag frisch zu machen.

27

Nach einem kurzen Frühstück begab er sich gut gelaunt auf den Weg zu seiner Arbeitsstelle. Er dachte:

„Am Wochenende werde ich Carla erst einmal ausführen. Wir haben ja noch gar nicht viel von Berlin gesehen. Das müssen wir unbedingt nachholen. Mal sehen, was sie von meinem Vorhaben hält."

Bei der Arbeitsstelle angekommen, wollte Markus sofort vom Vorarbeiter erfahren, ob gearbeitet würde. Der meinte:

„Chef hat neue Auftrag, kannst an deine Platz gehe."

Das ließ sich Markus nicht zweimal sagen. Er ging sofort an seinen Platz. Eilig stopfte er sich noch seinen Gehörschutz in die Gehörgänge, um dann auf das Signal für den Arbeitsbeginn zu warten. Als das Signal ertönte, begann schlagartig der ohrenbetäubende Lärm der Nagelpistolen: „tang, tang, tang…"

Der Arbeitstag verlief für einige Stunden normal, bis sich ein schriller Schmerzensschrei unter den Lärm der Nagelpistolen mischte. Nach und nach bemerkten die Männer, dass einem Kollegen etwas geschehen war. Alle legten ihre Arbeit nieder, um dem Verletzten zu helfen. So wurde es in der sonst so lauten Werkhalle ungewohnt ruhig. Nur das Jammern des verletzten Kollegen war noch zu vernehmen: Der Mann hatte sich mit seiner Nagelpistole versehentlich durch den Fuß geschossen. So war er nun an einer Palette angenagelt und blickte verzweifelt seine Arbeitskollegen an. Markus rief:

„Wir brauchen hier sofort einen Notarzt!"

Der Vorarbeiter schaute sich die Verletzung an:

„Nicht so schlimm! Rufe Chef! Der wird gucke, was is. Danach Arzt rufen!"

Er holte sein Mobilfunktelefon aus der Hosentasche, wählte und sagte dann:

„Chef, Mann verletzt, kommen schnell!"

Es dauerte auch nicht lange, da stürmte der Chef in den Raum und bahnte sich barsch den Weg zum Verletzten. Forsch polterte er los:

„Was steht ihr hier alle rum? Meint ihr, ich bezahle euch fürs Rumstehen? Los, los, an die Arbeit!"

Keiner der Männer aber rührte sich oder machte ansatzweise Anstalten, der Anweisung des Chefs Folge zu leisten. Der begann dann zur Ursache der Arbeitsunterbrechung den Verletzten zu beschimpfen:

„Was hast du denn für einen Scheiß gemacht? Nagelst dich selber an einer Palette an! Bist du eigentlich von Natur aus blöd, oder was?"

Markus traute seinen Ohren nicht. Solch ein Verhalten war ihm noch nicht untergekommen. Trotzdem versuchte er es mit Freundlichkeit:

„Ich denke, der Mann braucht einen Arzt!"

Dem Chef stieg die Zornesröte in sein Gesicht. Er platzte los:

„'Ich denke, der Mann braucht einen Arzt'! Sag einmal, spinnst du? Wenn wir hier einen Notarzt hinbeordern, dann sind wir alle dran! Das hier ist alles illegal: Schwarzarbeit, Produkt-Fälscherei, arbeiten ohne Aufenthaltsgenehmigung oder Steuerkarte! Dann können wir einpacken! Also halt dein blödes Maul, ja!"

Dann wandte sich der Chef wieder dem Verletzten zu. Dieser schaute ungläubig auf seinen verletzten Fuß und erwartete Hilfe. Der Chef überlegte nicht lange, umfasste das Bein des Verletzten und zerrte daran herum. Dieser „Erste-Hilfe-Versuch" des Chefs versetzte ihn derart in Angst und Schrecken, dass er wieder lauthals losschrie. Markus konnte nicht glauben, was er sah, und rief:

„Jetzt hören Sie doch mit dem Mist auf! Merken Sie denn nicht, dass der Kollege Schmerzen hat?"

„Schmerzen, Schmerzen! Habe ich etwa dem Blödmann da gesagt, er solle sich Nägel durch den Fuß schießen? Hört gut zu: Ich kenne einen Arzt, der den Mann für ein Handgeld behandelt. Also helft mir, den Kerl von der Palette zu lösen!" Markus erwiderte aufgebracht:

„Sollen wir seinen Fuß von der Palette reißen?"

„Ja genau! Dann bringe ich diesen hirnlosen Blödmann zum Doc!"

„Sie sind krank, Mann, sehr krank! Keiner von uns wird hier seinen Fuß von der Palette reißen! Haben Sie mich verstanden? Keiner!" Der Chef bekam einen hochroten Kopf und drohte:

„Das wollen wir aber sehen, wer hier das Sagen hat! Ich werde das tun, was zu tun ist!"

Dann wandte er sich wieder dem Verletzten zu, um dort selber Hand anzulegen. Markus langte nach der Nagelpistole, die neben dem Verletzten lag:

„So, du dekadentes Arschloch, wenn du den Mann auch nur noch einmal anfassen solltest, schieße ich dir 'nen Nagel durch den Kopf!"

Der Chef hatte nur ein süffisantes Lächeln auf den Lippen und erwiderte:

„Du bist gefeuert! Verschwinde!" Dann wollte er das Bein des Verletzten umfassen, um es von der Palette zu lösen.

Aber „tang, tang" hallte es zweimal durch den Raum. Wie vom Schlag getroffen fiel der Chef auf den Hallenboden.

Ungläubig umfasste er seinen verletzten Arm. Und als dunkelrotes Blut zwischen seinen Fingern rann, schaute er hoch zu Markus:

„Du bist ja ein hundsgemeiner Mörder!"

Dann begann er lauthals über die Schmerzen zu klagen. Markus antwortete kurz angebunden:

„Wenn ich ein Mörder wäre, hätte ich dir die beiden Nägel nicht in den Oberarm geschossen, sondern in deinen Kopf." Dann wandte er sich seinen Kollegen zu:

„Jungs, ihr müsst schnell von hier verschwinden. Ich rufe jetzt 'nen Krankenwagen. Und wenn ihr dann noch da seid, könnte es passieren, dass eure illegale Arbeit hier auffliegt."

Dazu machte er mit beiden Händen eine scheuchende Bewegung. Die Kollegen verstanden sofort. Sie wollten gerade schon abhauen, als Markus laut „halt" schrie. Er beugte sich zu dem immer noch am Boden liegenden Chef hinunter, um an dessen Jackett herumzureißen.

Der Chef, der das Schlimmste befürchtete, jammerte:

„Bitte lass mich leben! Bitte tu mir nichts!" Dabei versuchte er, mit seinem gesunden Arm den Kopf zu schützen. Markus sagte kühl:

„Halt dein dreckiges Maul, du krimineller Ausbeuter!"

Nach einigem Gezerre zog Markus die Brieftasche des Chefs hervor. Jedem der Arbeiter drückte er 100 Euro in die Hand. Selber nahm er sich ebenfalls einen Hunderter, den er in seine Hosentasche steckte. Anschließend bewegte er seine Kollegen dazu, endlich zu verschwinden. Er ließ sich das Mobiltelefon des Vorarbeiters geben und setzte einen Notruf ab. Danach beugte er sich zu seinem verletzten Kollegen hinunter, drückte ihm die 100 Euro, welche noch in der Brieftasche des Chefs verblieben waren, in die Hand, um dann laufend die Fabrik zu verlassen.

Markus war gerade erst knapp einen Kilometer von der Fabrik entfernt, als er schon den Krankenwagen mit Blaulicht und heulendem Signalhorn heranrasen sah. Ihm schoss der Gedanke durch den Kopf:

„Diebstahl, Körperverletzung! Wenn der mich anzeigt und die Polizei mich erwischen sollte, bin ich dran! Dann gehe ich garantiert sofort wieder in die Geschlossene."

Markus rannte so schnell wie möglich die Straße entlang, um nicht doch noch von einer Streife geschnappt zu werden.

Er konnte ja nicht wissen, dass der Chef den Sanitätern nur etwas von einer defekten Nagelpistole erzählt hatte. Mit keinem Wort erwähnte er etwas von Handgreiflichkeiten oder derartigem. Seinen Betrieb beschrieb er als Hinterhofwerkstatt für Paletten-Reparaturen mit zwei Vierhundert-Euro-Jobbern. Und das nahm man ihm offenbar auch ab.

28

Nahezu atemlos erreichte Markus sein neues Zuhause. Als er schnaufend in den Flur trat, empfing Gudrun ihn mit den Worten:

„Na, machst du Frühsport? Ich dachte, du wärst arbeiten!"

„Nein, das war leider kein Frühsport, ganz bestimmt nicht! Aber meine Arbeitsstelle bin ich los."

„Was ist denn geschehen? Willst du darüber sprechen?"

„Wir können gerne darüber sprechen. Ich habe keine Geheimnisse."

„Komm, Markus, wir gehen in den Speiseraum. Ich mache uns einen Kaffee, und dann reden wir!"

Gudrun verschwand in der Küche. Zehn Minuten später war sie mit frisch gebrühtem Kaffee und Gebäck im Speiseraum.

„Was ist denn mit deiner Arbeitsstelle?"

„Der Chef ist ein Schinder und Kapitalistenschwein. Deshalb habe ich ihm in den Arm geschossen!"

„Was hast du?"

„Ich habe dem Chef mit meiner Nagelpistole zweimal in den Arm geschossen."

„Warum denn das? Ich habe dich überhaupt nicht als gewalttätig eingeschätzt!"

„Wenn ich über ein gewisses Maß gereizt werde, kann ich schon einmal ausrasten."

„Und jetzt? Jetzt biste deine Stelle los und 'ne Anzeige kriegst du noch obendrauf."

„Warte mal, ich habe da nicht einfach irgendwelche Aggressionen abgebaut, sondern ich wollte vermeiden, dass einem Kollegen Schmerzen zugefügt werden."

„Kannste mir das einmal genauer erklären? Ich verstehe nicht ganz."

„Ein Kollege hatte sich aus Versehen mit seiner Nagelpistole zweimal durch den Fuß geschossen und sich so selbst an eine Holzpalette genagelt. Der Chef wollte ihn mit Gewalt von der Holzplatte losreißen, um ihn zu einem Scharlatan zu verbringen. Das habe ich mit meiner Aktion verhindert." Dafür zeigte Gudrun Verständnis:

„Obwohl ich Gewalt verabscheue, verstehe ich dein Handeln. Manchmal geht es einfach nicht anders. Auch ich war einmal jung! Die Hausbesetzungen in Kreuzberg waren ganz schön heftig. Da gab es schon einmal vom Bullen 'nen Schlagstock ins Kreuz. Oder bei den Protesten in Brockdorf: Da wurden wir nur so von den Wasserwerfern umgepustet! Aber du musst aufpassen, mein Lieber: Deine ‚Aktion' war schon ein anderes Kaliber. Du hast mit einer Art Waffe auf diesen verhassten Chef geschossen! Jetzt stell dir einmal vor, durch einen unglücklichen Zufall hätte der sich gewehrt, ein Schuss aus der Nagelpistole hätte sich bei dem Gerangel gelöst, und er wäre dabei tödlich getroffen worden!"

„Ja, so etwas wäre möglich gewesen. Aber es ist nun einmal anders verlaufen, und der Mann lebt!"

„Kannst du dir denn nicht vorstellen, worauf ich hinaus möchte?"

„Ne, im Augenblick nicht."

„Du hättest dich in höchstem Maße schuldig gemacht, hättest deine Unschuld verloren, nur weil du so einen miesen Kerl in seine Schranken weisen wolltest! Hätte es denn nicht auch ein Anruf bei der Polizei getan?"

„Schuldig geworden? Ja, die Polizei hätte ich schon anrufen können, aber was hat das mit Unschuld zu tun?"

„Du wärst zum Mörder geworden, und damit hättest du auch deine Unschuld als Mensch verloren!"

„Ach, aus dem Blickwinkel siehst du das! Aber ich denke, manchmal muss man auch aktiv eingreifen, um nicht sein Gesicht zu verlieren."

„Das hört sich für mich aber sehr machohaft an. Das Gesicht verlieren? Kann man sein Gesicht verlieren, wenn man lieber die Polizei ruft, anstatt zuzuschlagen? Ich denke nicht!"

„Ja, ja, ich verstehe, was du mir sagen willst: Ich sollte lieber auf Selbstjustiz verzichten, um Schlimmeres zu vermeiden."

„Ich wusste gleich, dass du grundsätzlich ein vernünftiger Bursche bist. Du und Carla –: Ihr passt gut zu uns. Mach das bitte nicht kaputt!"

„Gudrun, ich vertraue dir und weiß, dass du es gut mit uns meinst. Aber die Polizei hätte ich nicht rufen können. Dazu muss ich dir leider noch etwas sagen. Carla und ich –: Wir sind aus einer Nervenklinik ausgebrochen. Dabei habe ich einen Pfleger schwer verletzt. Und jetzt das…!"

„Wie bitte? Sag mal Markus, kommt da noch mehr? Dann erzähl es jetzt. Das ist nämlich der richtige Zeitpunkt. Wir mögen und dulden bei uns keine Geheimniskrämerei."

„Eigentlich war es das schon – außer meiner Trunkenheitsfahrt. Die hab ich noch nicht erwähnt."

„Du bist besoffen Auto gefahren? Richtig sozial ist so etwas ja nun wirklich nicht! Wie kam es denn dazu?"

Dann begann Markus seine Geschichte zu erzählen:

„Du, Gudrun, es begann alles damit, dass meine Frau nicht zu Hause war, als ich früher als gewohnt von der Arbeit kam. Ich war aus einem mir nicht ersichtlichen Grund misstrauisch – oder besser gesagt: Ich hatte ein ungutes Gefühl. So spionierte ich meiner…"

Markus schilderte alles, was in der letzten Woche geschehen war, und wie das sein Leben in seinen Grundzügen umgepflügt hat. Gudrun hörte geduldig zu.

Als Markus mit seinen Ausführungen fertig war, schwieg sie noch eine ganze Weile. Dann sagte sie:

„Euch hat das Schicksal ja wirklich nicht geschont. Aber glaube mir: Wir kriegen das wieder ins Lot. Das Schicksal hat euch zu uns geführt, und bei uns seid ihr in den richtigen Händen. Ich frage mich natürlich, warum du dir so über Hals über Kopf eine Arbeit gesucht hast, die gar nicht zu dir passt." Er erklärte ihr das:

„Zuerst einmal dachte ich daran, Carla und mir eine Lebensgrundlage zu verschaffen. Da wir ja geflohen sind, blieb uns gar keine andere Möglichkeit. Mir steht zwar ein Arbeitslosengeld zu. Aber wenn ich es beantragen würde, hätte die Polizei leichtes Spiel, mich zu finden."

„Ja, ich verstehe. Es wird nicht einfach für dich, das Passende zu finden. Aber lass mich mal machen! Richtige Sorgen mache ich mir um Carla: Der Stachel sitzt tief in ihrer Seele, und es wird viel Geduld und Liebe brauchen, um ihn zu ziehen."

Markus nickte:

„Die Arbeit mit Reinhold scheint ihr gut zu tun. Sie schläft auch ohne Schlafmittel tief und fest. Aber ich denke, wir dürfen sie nicht mit weiteren negativen Dingen belasten. Ich habe mir vorgenommen, mit ihr am Wochenende die City unsicher zu machen."

„Das ist eine prima Idee. Wir sollten den anderen nichts von dem heutigen Zwischenfall erzählen. Es reicht, wenn ich davon weiß. Macht euch ein schönes Wochenende und genießt noch ein wenig die Sommersonne! Der nächste Winter kommt bestimmt. Wenn du Geld benötigst, sag es mir bitte, ich helfe gern."

„Vorerst haben wir noch kein finanzielles Problem, aber auf Dauer brauche ich unbedingt eine Arbeitsstelle."

„Ich sehe, du bist schon wieder in Panik wegen der Arbeit. Jetzt werd‘ doch erst einmal locker! Wenn du so verkrampft nach einer Arbeit suchst, findest du sowieso nur so 'n Schrott wie die letzte. Ihr jungen Leute wollt doch immer ganz cool sein, aber es läuft nicht alles geradeaus. Dabei geratet ihr dann irgendwie gleich in Panik. Ich glaube, ihr müsst ein wenig mehr Gelassenheit an den Tag legen. Damit kommt ihr besser durchs Leben. Da könnt ihr euch von uns Alten 'ne Scheibe abschneiden.“

„Ich musste in meinem Leben immer irgendwelchen Verpflichtungen nachkommen, weshalb es für die Psyche gar nicht so einfach ist zu verarbeiten, wenn man auf einmal nichts Richtiges mehr zu tun hat. Man fühlt sich dann schnell nutzlos und überflüssig.“

„Das Gefühl kenne ich. Als ich pensioniert wurde, fiel auch ich in so ein kleines Loch. Aber dank unserer Kommune, bei deren Mitbewohnern Rat und Tat immer willkommen ist, wurde dieses Loch mehr als ausgefüllt. Glaub mir, Markus: Das Einzige, was im Leben wirklich zählt, ist das Zwischenmenschliche! Alles andere rostet, vergeht und wird irgendwann von Motten zerfressen.“

„Stimmt ja, was du sagst! Ich denke wirklich zu viel an das Morgen, aber ich gelobe Besserung. Wenn ich nicht mehr so unter Strom stehe, beruhigt sich das mit meiner Ungeduld wahrscheinlich.“

„Gut Markus, so wollen wir es stehen lassen. Wenn du Rat suchst oder finanzielle Unterstützung benötigst, sprich mich einfach an. Carla und du –: Ihr seid mir schon ans Herz gewachsen.“

„Ich verspreche dir, dass ich mich ganz bestimmt bei Problemen an dich wenden werde.“

Die beiden tranken noch den Kaffee aus. Anschließend schaute sich Markus ein wenig am Gebäude um.

29

Im Hinterhof fiel ihm zuerst ein alter Kastanienbaum ins Auge, der zentral im Hof stand. Dann war da auch ein Sandkasten, obwohl es im Augenblick keine Kinder in der Kommune gab. Gegenüber vom Sandkasten standen vier uralte Wäscheleinen-Gestänge aus Metall. Wenn die Leinen nicht gespannt gewesen wären, hätte man die Gestänge für defekte Fußballtore halten können. In einer Ecke des Hinterhofes, genau neben der Kellertreppe, die direkt zum Waschkeller führte, stand ein alter Holzschuppen. Der Holzschuppen sah aus wie eine kanadische Trapper-Hütte, deren Holzwände ein wenig windschief waren, aber trotzdem einen soliden Eindruck vermittelten.

Dann fiel sein Blick in eine Ecke des Hinterhofes, die mit Sträuchern bewachsen war. Markus dachte:

„Ist ja richtig idyllisch hier im Hof! Schade, dass unser Zimmer nur ein Fenster zur Straße hat. Aber 'ne Sitzecke dürfen wir uns hier unten bestimmt schaffen."

Gemütlich schlenderte er durch den Hinterhof und ließ die vielen Eindrücke auf sich wirken. Bei näherer Betrachtung der mit Sträuchern zugewachsenen Ecke fiel ihm ein Sperlingsnest auf. Eine Weile hielt er inne, um die Vögel bei der Fütterung zu beobachten. Drei kleine, fast nackte Vögelchen streckten ihre weit geöffneten Schnäbel ihren rastlos nach Nahrung jagenden Elterntieren entgegen, wenn diese das Nest anflogen.

Kurz entschlossen ging Markus los, um zwei Gartenstühle, einen Tisch und dazu einen kleinen Schwenkgrill zu kaufen. Er rief dann seinen Mitbewohner Erik an, damit dieser ihn mit dem Taxi vom Geschäft abholt.

Nach etwa zwanzig Minuten kam Erik vorgefahren und meinte gut gelaunt:

„Na Markus, machst du erst einmal einen Großeinkauf?“ Ebenso gut gelaunt antwortete Markus:

„Wir müssen uns doch langsam ein wenig häuslich einrichten.“

„Stimmt! Wenn man sich für etwas entschieden hat, dann sollten Nägel mit Köpfen gemacht werden.“

Als die beiden an der Kommune ankamen, half Erik beim Ausladen und Hineintragen der gekauften Gegenstände. Markus fragte nach vollbrachter Arbeit:

„Was bekommst du von mir?“ Aber der lehnte es ab, dafür etwas zu nehmen:

„Lass mal stecken! Ick wollte sowieso hierher.“

„Na gut, aber dann lade ich dich dafür in den nächsten Tagen mal zum Grillen ein.“

„Mensch, das is ′ne dufte Idee! Auf so′n frisch gegrilltes Steak hätt′ ich schon Appetit.“

„Pils gibt es natürlich auch dazu“, entgegnete Markus lachend.

Erik ging danach ins Haus, und Markus stellte die Gartenmöbel an den zuvor ausgemachten Platz. Seine Suche nach Ziegeln, die als Feuerstellen-Begrenzung dienen sollten, führte ihn auch in den Holzschuppen. Dort waren allerhand unterschiedliche Dinge abgestellt: eine mechanische Wasserpumpe, verrostetes Gartengerät, aber auch Fahrräder, die hier schon seit einigen Jahren unbewegt gestanden haben müssen, dem Grad der Verstaubung nach zu urteilen. Und siehe da: Unter einer Werkbank waren etliche fein säuberlich gestapelte Steine! Die Steine waren ebenso verstaubt wie die Fahrräder, und voller Spinnweben. Man konnte unschwer erkennen, dass sie schon vor Jahren gestapelt worden waren.

Markus nahm sich die ersten zwei Steine, die er gemütlich zum zukünftigen Grillplatz brachte. Er legte sie ab, schaute sich den Platz noch einmal an, wägte ab, befand alles für gut und holte weitere Steine, um damit einen Kreis zu bilden. Nachdem er etwa fünfzehn Steine vom Stapel genommen hatte, kam öliges Papier zum Vorschein. Markus dachte:

„Na, bist du da etwa auf einen Schatz gestoßen?"

Neugierig räumte er weitere Steine beiseite, bis der „Schatz" soweit freigelegt war, dass er ihn dem Hohlraum entnehmen konnte. Als er das längliche Objekt, welches in Öl-Papier gewickelt und mit Paketband verschnürt war, in den Händen hielt, erahnte er schon seinen Inhalt:

„Das wird doch wohl nicht…?"

Mit einer alten Gartenschere, die an einem Nagel an der Holzwand hing, zerschnitt er das Paketband. Das gestaltete sich als äußert mühsam, da die Schere schwergängig und absolut stumpf war.

Letztendlich bekam er das Band nach einigem Fluchen entzwei, sodass es ihm möglich war, das Öl-Papier zu entfernen. Er konnte kaum glauben, was er sah: Sprachlos schaute er auf einen Karabiner 98, der dank des Öl-Papiers noch aussah, als ob er gerade die Waffenschmiede verlassen hätte.

Markus stellte das Gewehr an der Werkbank ab, um anschließend den Hohlraum des Stein-Stapels mit seiner Hand abzutasten. Es dauerte nicht lange, da nestelte er einen kleinen Karton hervor. Den öffnete er vorsichtig: In ihm lag ein gutes Dutzend Gewehr-Munition sowie ein Soldbuch. Markus ging durch den Kopf:

„Na, da haste ja ganz schön in die Scheiße gegriffen! Was machste denn jetzt mit dem alten Schießprügel? Den hier wieder einmauern kannste nicht. Dann wird er irgendwann von einem anderen gefunden und womöglich benutzt. Ich werde ihn erst einmal in meinem Zimmer aufbewahren. Das wird wohl das Beste sein!"

Dann schaute sich Markus das Soldbuch an. Der Besitzer war ein Gefreiter namens Wilfried Lehmbruck, geboren am 15.11.1923 in Königsberg. Sofort kam ihm der Gedanke:

„Na, vielleicht kann ich ja noch etwas über ihn herausfinden. Der wird ja wohl der Besitzer des Schuppens gewesen sein."

Schnell holte er eine Decke aus dem Haus, um damit das Gewehr zusammen mit der Munition einzuwickeln. Das so getarnte Gewehr trug er sofort in sein Zimmer und versteckte es unter dem Bett.

„Ich werde schon eine Möglichkeit finden, das Gewehr los zu werden", beruhigte sich Markus selbst.

30

Danach setzte er sich auf die Bettkante, um sich anschließend rücklings mit dem Oberkörper ins Bett fallen zu lassen. Von den Ereignissen des Tages erschöpft, kam er ins Grübeln:

„Ist doch schon ein wenig merkwürdig, wie ich in letzter Zeit immer wieder in unangenehme Situationen schliddere. So etwas ist mir doch sonst nicht passiert. Was mache ich denn jetzt nur anders als früher? Ich glaube, ich muss besser auf mich achten. Andernfalls wird es mir irgendwann schlecht ergehen. Psychiatrie oder Knast –: Da würde ich kaputtgehen. Ich muss unbedingt vorsichtiger sein, und Carla muss mir dabei helfen. Sie macht es bestimmt gerne, ein wenig für mich zu sorgen."

Markus ruhte sich für eine Weile auf dem Bett aus, machte sich anschließend einen starken Kaffee in der Gemeinschaftsküche und genoss diesen in aller Ruhe. Aus dem Fenster der Küche konnte er die kleine Sitzecke sehen.

„Sieht ja schon richtig gemütlich aus! Carla wird sich bestimmt freuen", dachte er nicht ohne Stolz über seine Idee. So ging er guter Dinge wieder in den Hinterhof, um seine kleine Baustelle fertigzustellen.

Als Carla am späten Abend von ihrer Arbeit heimkehrte, hatte Markus seine Arbeiten längst abgeschlossen. Er half dann schon wieder bei der Zubereitung des Abendessens. Voller Freude begrüßte er seine Weggefährtin:

„Hallo Carla, bist du endlich wieder zuhause?"

„Hast du mich etwa vermisst?"

„Aber natürlich, du bist doch mein Sonnenschein!"

„Mensch Markus, ich wusste ja gar nicht, dass ich eine so große Rolle in deinem Leben spiele", scherzte Carla und lächelte dabei strahlend.

Markus, der gerade Butterbrote für seine Mitbewohner belegte, schaute Carla ernst an:

„Du Carla, deine Nähe tut mir gut. Ich bin wirklich froh, dich zu sehen."

Carla bemerkte an Markus' Verhalten, dass ihm seine Aussage ernst zu sein schien:

„Auch ich bin froh, dich zu sehen. Ich freue mich schon auf einen gemütlichen Abend mit dir."

„Wollen wir nach dem Essen noch ein wenig die warme Sommerluft im Hof genießen?"

„Sehr gern."

„Ich habe dann noch eine kleine Überraschung für dich", kündigte er an:

„Was denn für eine Überraschung? Jetzt machst du mich aber sehr neugierig! So kann ich nicht in Ruhe das Abendessen genießen! Spann mich doch nicht zu sehr auf die Folter. Erzähl …!"

„Nein, du musst dich gedulden! Es ist wirklich nur eine Kleinigkeit."

Carla war während des Abendessens mit ihren Gedanken so abwesend, dass sie sich am Gespräch der anderen kaum beteiligte. Voller Ungeduld erwartete sie die Überraschung. Kurze Zeit später erlöste Markus Carla mit den Worten

„So, Carla, wollen wir jetzt in den Hinterhof gehen?", von der Ungewissheit.

Als die beiden den Hinterhof des Hauses betraten, war es noch hell. Auch Carla fiel sofort der große Kastanienbaum in der Mitte des Hofes auf:

„Wie schön das hier doch ist! Das sieht ja aus wie ein verwunschener Garten, so urwüchsig und wild. Siehst du dort an der Wand die große Kletter-Rose? Das ist fast wie bei Dornröschen."

„Wenn ich ehrlich bin, so ist mir die Kletter-Rose zuvor gar nicht aufgefallen. Aber jetzt, wo du es sagst: wirklich schön."

Dann führte er Carla zu der Sitz-Ecke, die er zuvor hergerichtet hatte:

„Damit wir nach Feierabend ein wenig relaxen können!"

Mit leuchtenden Augen schaute sich Carla die sorgsam dekorierte Sitz-Ecke an.

„Das hast du für uns beide gemacht? Das ist wirklich sehr lieb von dir."

Carla fuhr irritiert mit einer Hand durch ihr langes Haar. Dann wandte sie sich Markus zu, umarmte ihn und gab ihm einen Kuss auf die Wange. Er fühlte ihr Herz pochen und spürte, dass sie in diesem Augenblick sehr glücklich war.

Markus empfand längst eine ganz tiefe Zuneigung zu dieser Frau, die sich wie ein kleines Kätzchen an ihn schmiegte. Er wusste jetzt, dass sie ein Teil seines Lebens werden sollte. Ihm wurde klar, dass er mit ihr, die wie er selbst vom bisherigen Leben enttäuscht war, ein neues anderes Leben gestalten möchte.

So löste er sich sanft aus der Umarmung und begann, sie auf den Mund zu küssen. Ihr Mund war schon leicht geöffnet, als sich ihre Lippen berührten. Markus war sich sicher, dass sie den Kuss erwartet hatte.

„Du tust mir einfach nur gut", hauchte Carla Markus ins Ohr. Markus antwortete unbeholfen:

„Ich glaube, ich habe mich in dich verliebt."

„Das will ich doch wohl auch hoffen", kicherte Carla und wuschelte dabei mit beiden Händen in Markus' lockigem Haar. Die beiden schauten sich tief in die Augen. Und fast war es so, als könnten sie einander in die Seele schauen. Sie liebkosten sich mit den Händen und küssten sich unentwegt.

Als es anfing zu dämmern, holte Markus einige Holzscheite und Zeitungspapier aus dem Holzschuppen. Mit Hilfe der alten Zeitung entzündete er die Holzscheite auf der neuen Feuerstelle. Knisternd fraßen sich die Flammen durchs Holz und spendeten flackerndes Licht. Markus, der zuvor an alles gedacht hatte, zauberte eine Flasche Wein und zwei Gläser unter dem Tisch hervor. So machten es sich die beiden in der Sitzecke gemütlich.

Er berichtete von dem Sperlingsnest, welches er in unmittelbarer Nähe entdeckt hatte. Sie tranken den Wein und genossen den schönen Sommerabend.

Als das Feuer gegen Mitternacht erloschen war, gingen sie eng umschlungen ins Haus. In ihrem Zimmer angekommen, tauschten sie heiße Küsse aus. Dann sanken sie im Glückstaumel in ihr Metallrahmen-Bett.

31

Am nächsten Morgen fühlte sich alles anders an als in den Wochen zuvor. Es war fast so, als hätten sie ein neues Leben geschenkt bekommen. Als Markus erwachte, fiel sein Blick als erstes auf seine Liebste, die friedlich schlief.

Er stand noch immer unter dem Eindruck dessen, was sich so unverhofft, zwanglos und ganz natürlich zwischen ihm und Carla entwickelt hatte, und mit welchen Problemen sie seit ihrer Flucht in kurzer Zeit fertig werden mussten. Ihm kam es wie eine Fügung vor: als sei alles vorbestimmt und sollte so kommen, wie es gekommen ist.

Er musste unwillkürlich schmunzeln, als ihm der Gedanke kam, dass es ja wirklich ganz eigentümlich mit ihnen gewesen ist, längere Zeit in einer zölibatären Beziehung gelebt zu haben – und dazu auch noch im gleichen Bett. Natürlich gab es halt ständig etwas Neues, was teils ziemlich belastend war und ihr Denken und Handeln tagtäglich bestimmte.

„Wenn auch sie es möchte", dachte er, „werde ich für immer bei ihr bleiben. Ich fühle, dass sie mein Ein und Alles sein kann – nur sie allein! Wie sehr ich diese Frau doch liebe!"

Dann schlich sich Markus ganz leise aus dem Zimmer. Er wollte seine Carla mit einem leckeren Frühstück überraschen. Nach einer kurzen Katzenwäsche machte sich Markus auf den Weg zum Bäcker. Kaum zwanzig Minuten danach weckte er Carla mit einem sanften Kuss auf die Stirn.

Als Carla langsam erwachte, traute sie kaum ihren Augen: Markus stand mit einem Tablett in der Hand vor der Bettkante. Das Aroma von frisch gebrühtem Kaffee durchströmte das Zimmer. Auf dem Tablett stand ein Korb mit Brötchen und allerlei Marmelade sowie Wurst und Käse.

„Das ist aber sehr lieb von dir, danke", flüsterte Carla noch ein wenig schlaftrunken.

„Aber bevor wir frühstücken, möchte ich einen Kuss von dir."

„Nichts lieber als das", antwortete Markus, stellte umgehend das Tablett auf dem Nachttisch ab, um Carla dann leidenschaftlich zu küssen. Anschließend flüsterte er ihr ein „Ich liebe dich" zu, was von Carla ebenfalls leise erwidert wurde. Langsam rekelte sich Carla aus dem Bett, zog sich den Morgenmantel an und verschwand im Badezimmer. Derweil platzierte Markus das Tablett in der Mitte des Bettes.

Als Carla aus dem Badezimmer zurückkehrte, streifte sie ihren Bademantel ab, um sich anzukleiden.

„Weißt du eigentlich, wie schön du bist?", stellte Markus bewundernd fest.

„Ach Markus, ich bin nur durch dich schön. Deine Liebe zu mir macht mich schön."

„Was meinst du? Möchtest du so mit mir frühstücken?"

„Es ist doch warm, Schatz. Wenn ich dir eine Freude damit machen kann, gerne."

Carla legte sich nackt aufs Bett und brachte sich dabei in eine Pose, die ihren Körper besonders vorteilhaft erscheinen ließ. Sie trank den Kaffee, verzehrte dazu ein Marmelade-Brötchen, genoss Markus' Blicke und freute sich darüber, dass er sie begehrte.

Nachdem Carla ihr Frühstück beendet hatte, stellte sie das Tablett auf den Fußboden ab, legte sich zurück ins Bett, öffnete ihre Schenkel und fragte lächelnd:

„Bekomme ich denn keinen Nachtisch?"

Fragend schaute Markus seine Geliebte an, bis er dann die Aufforderung verstand und sich hektisch auszog. Irgendwann lagen sie still, körperlich erschöpft und überglücklich nebeneinander. Carla durchbrach als erstes die Stille und sagte:

„Ich möchte heute nicht mehr arbeiten! Ich werde Reinhold fragen, ob ich den Tag freibekommen kann."

„Das ist eine sehr gute Idee. Dann können wir ja etwas Schönes unternehmen."

„Musst du denn nicht arbeiten?"

„Nein Carla, in der Paletten-Fabrik brauche ich mich nicht mehr blicken lassen."

„Hast du dich etwa mit dem Ausbeuter angelegt?

„Ja, das habe ich. Ich suche mir demnächst einen anderen Job. Auch Gudrun meint, ich sollte erst einmal hier ankommen. Alles andere würde sich dann finden."

„Kommt Zeit, kommt Rat, wie? Ich hoffe, du hast beim nächsten Arbeitgeber ein wenig mehr Durchhaltevermögen. Wir brauchen doch das Geld zum Leben."

„Du brauchst Sicherheit zum Leben?"

„Ja, unser Leben ist unsicher genug. Dazu kann ich keine zusätzlichen Risikofaktoren gebrauchen."

„Da haben wir ja die gleiche Einstellung, aber ich schliddere halt im Augenblick immerzu in Schwierigkeiten. Trotzdem möchte ich gerne den Rat von Gudrun befolgen und mir mit der Arbeitssuche ein wenig Zeit lassen."

„Wenn wir uns das leisten können?"

„Falls es mit dem Geld eng werden sollte, will Gudrun bereitwillig aushelfen."

„Was? Gudrun will uns helfen? Die kennt uns doch überhaupt nicht! Ist zwar nett, aber ein wenig merkwürdig, oder?"

„Du, das hier ist 'ne Kommune. Die ticken ein wenig anders als wir Normalos!" Carla stellte klar:

„Wenn du meinst, dass es der richtige Weg ist, werde ich ihn mit dir gehen. Aber falls ich feststellen sollte, dass wir nach unten abdriften, werde ich meinen eigenen Weg gehen."

„Auch ich will ja gewiss nicht in der Gosse landen. Ich kann mir aber schon vorstellen, so zu leben wie die Mitglieder dieser Kommune."

„Ja, so wie es hier abläuft, gefällt es mir ja auch. Aber was wird, wenn wir alt werden? Wir müssen doch sozialversichert sein. Wird denn eine Krankenkasse zahlen, wenn wir krank werden? Eigentlich müssten wir uns ja stellen!"

„Du weißt, was passiert, wenn wir uns stellen würden, oder? Wir sind doch gerade so glücklich! Und nur, weil wir zu weit in die Zukunft schauen, sollen wir dieses Glück aufgeben?"

„Nein, ich möchte dich nicht verlieren. Aber ganz ohne Sicherheiten wird es auf Dauer doch nicht gehen!" Markus gab Carla einen Kuss auf die Stirn:

„Mach dir nicht so viele Sorgen, mein Schatz! Ich werde dich schon gut versorgen."

„Aber ich will doch gar nicht versorgt werden. Ich möchte nur nicht gleichsam in einen Abwärts-Sog hineingeraten."

„Carla, ich habe dich verstanden! Ich werde mich ab jetzt so normal wie früher verhalten. Versprochen! Ach, du kannst das ja gar nicht wissen: Ich war vor meiner Kurzschluss-Handlung ein ganz normaler Durchschnittsbürger mit einer weißen Weste."

„Du ein Spießer? Das kann ich mir im Augenblick wirklich nicht vorstellen!"

„Na, ein richtiger Spießer war ich ja auch wieder nicht, sondern ein Durchschnittsbürger."

„So! Ich spreche jetzt mit Reinhold; und dann unternehmen wir etwas Schönes!"

„Gut, los geht's!"

32

Nachdem Carla sich mit Reinhold auf einen freien Tag ge-
einigt hatte, ging sie mit Markus zur nächsten Haltestelle.
Mit dem Bus fuhren sie dann in Richtung Berlin Mitte. An
der Haltestelle „Bahnhof Zoo" stiegen sie zunächst aus, um
sich ein wenig umzuschauen. Carla deutete auf das Bahn-
hofsgebäude und fragte Markus:

„Hast du damals auch den Film ‚Wir Kinder vom Bahnhof Zoo' gesehen?"

„Klar hab' ich den Film gesehen. Aber wir Jugendlichen
vom Lande konnten uns nicht in die Situation der Christi-
ane F. hineinversetzen. Wir wollten zwar cool sein, aber
nicht durchs Aussehen oder durch Drogen. Da haben wir
lieber an Motorrädern oder Autos rumgeschraubt, als zu
kiffen oder gar Heroin zu spritzen."

„Ja, uns ging es genauso. Aber cool fand ich diese Chris-
tiane schon. Sie war irgendwie total schön und unnahbar.
Ihr Freund passte auch sehr gut zu ihr. Ich fand die Handlung fast so dramatisch wie die Geschichte von Romeo und
Julia. Man wusste irgendwie von Anfang an, dass die beiden auf ihr Verderben zusteuerten."

„Ein selbst gewählter Untergang", meinte Markus dazu.

„Du sagst einfach so: ‚selbst gewählter Untergang'. Dabei
weißt du genauso gut wie ich, dass diese Leute langsam in
die Sucht hineinschliddern. Falscher Umgang, schlechte

Perspektiven für die Zukunft und Ängste sind doch wohl dafür ausschlaggebend."

„Kann sein, aber Mitleid kann ich deswegen nicht empfinden. Tut mir leid. Des Menschen Wille ist sein Himmelreich, wie es heißt. Jeder Mensch ist selber der Kapitän seiner Seele."

„Nicht immer, Markus, nicht immer!"

„Komm, lass uns zur Gedächtniskirche gehen. Die ist doch gleich hier um die Ecke."

„Gute Idee! Wollte ich mir schon immer mal genauer anschauen."

Die beiden gingen auf direktem Weg zu der geschundenen Kirche. Rund um die Kirche und in ihr wimmelte es nur so von Touristen. Einige Asiaten ließen sich vor dem Eingangsportal fotografieren. Im Inneren der Kirche gab es sehr gut erhaltene Mosaike, welche die Wände verzierten, zu bestaunen.

„Es war wirklich sehr vorausschauend, die Kirche nach dem Kriegsende nicht wiederherzustellen oder gar abzureißen. So können wir optisch erleben, welche furchtbaren Zerstörungen ein Krieg mit sich bringt", stellte Carla fest.

„Ja, als Mahnmal ist so etwas schon in Ordnung. Aber das menschliche Leid können diese Gebäudeschäden nicht widerspiegeln."

„Komm Markus, ich möchte jetzt etwas Schönes sehen – keine Zerstörung, sondern etwas Ästhetisches! Hast du vielleicht eine Idee?"

„Hm, etwas Ästhetisches? Möchtest du dir lieber modische Kleidung anschauen, oder Kunstwerke?"

„Wenn ich es mir aussuchen darf, würde ich mir sehr gern Kunstwerke mit dir anschauen."

„Ja, da hab ich eine Idee. Komm, wir gehen zurück zum Bahnhof. Ich habe nämlich keine Lust, die Stadt zu Fuß zu erobern."

Markus gab Carla einen Kuss auf den Mund und legte seinen Arm um ihre Taille. So gingen sie in Richtung Bahnhof Zoo. Dort angekommen, zog Markus an dem Karten-Automaten Fahrkarten. Da er Carla überraschen wollte, informierte er sie nicht über das Ziel der Fahrt. Nach einer Wartezeit von fünf Minuten kam der Bus der Linie 100 an.

Bei strahlendem Sonnenschein fuhren sie durch die Straßen der Stadt und genossen den Ausblick auf deren Sehenswürdigkeiten. Vor dem auf modern getrimmten altehrwürdigen Reichstag saßen junge Menschen in kleinen Gruppen auf der Rasenfläche und sonnten oder unterhielten sich. Das Brandenburger Tor wurde wie üblich von Touristen belagert, welche sich beispielsweise gemeinsam mit dem Berliner Wappentier vor dem Wahrzeichen der Stadt fotografieren ließen.

Irgendwann hielt der Bus dann an der Haltestelle „Lustgarten", wo Markus Carla veranlasste, auszusteigen. Dort schauten sie auf eine Baustelle mit zahlreichen Bau-Kränen. Carla bemerkte lachend:

„Du wolltest mir doch etwas Ästhetisches zeigen!"

„Warte, das kommt ja noch. Hier am Palast der Republik entfernt man die Asbesteinbauten. Das Gebäude soll später abgerissen werden, um dem Prestigeobjekt Stadtschloss zu weichen. Deswegen wird hier für die nächsten Jahre eine große Baustelle die Gegend verschandeln."

Als dann der Bus weiterfuhr, eröffnete sich den beiden der Blick auf den Berliner Dom und die vielen historischen

Museumsgebäude, die sich auf der Insel aneinanderreihen. Da wollte Carla gern wissen:

„Und wo willst du jetzt mit mir hin?"

„Sei nicht so neugierig. Lass dich einfach von mir überraschen!"

Nachdem sie staunend am Dom vorbeigegangen waren, führte Markus Carla direkt zur Alten Nationalgalerie. Langsam erstiegen sie die Treppen zu dem Gebäude, das einem griechischen Tempel gleicht. Im Eingangsbereich des Museums standen überlebensgroße Skulpturen aus feinstem weißen Marmor, die griechische Helden darstellen. Carlas Augen leuchteten beim Anblick dieser bewundernswerten Arbeiten:

„Schau mal, Markus, was für Meisterstücke! Es ist kaum zu glauben, was unsere Vorfahren vor beispielsweise 150 Jahren mit den einfachsten Mitteln erschaffen haben."

„Ja wirklich! Diese Künstler waren Meister ihres Faches. Wie lange es wohl dauerte, bis sie ihre Fähigkeiten so vollendet hatten?"

„Mit einer einfachen Lehre war es da bestimmt nicht getan. Ich denke, diese Künstler haben über Jahre eine Akademie besucht. Anschließend wurde das Wissen in Künstlerkreisen ausgetauscht und vertieft."

Markus ließ sich von Carlas Begeisterung anstecken. Voller Vorfreude auf die sinnlichen Genüsse betraten sie die Eingangshalle des Museums – viel freier Raum, ausgestattet mit Marmor und getragen von Säulen. Breite Treppen aus Marmor führten die Besucher in die unterschiedlichen Ebenen, die wiederum in Säle unterteilt waren.

Ohne nach einem Schema vorzugehen, gingen sie die

Treppe hoch, um sich das erstbeste Kunstwerk anzuschauen. Wieder handelte es sich um eine Skulptur aus weißem Marmor: Eine junge Schönheit saß zusammengesun-
ken auf einem Thron, der von Efeu überwuchert war. Eine
Krone zierte das Haupt der scheinbar Schlafenden. Am So-
ckel der lebensgroßen Skulptur stand in einer goldenen In-
schrift „Dornröschen".

„Schau Markus, wie tief sie schläft. Sie wartet, scheinbar
schlafend, auf ihren Prinzen, der sie wach küsst! Dabei ist
sie vielmehr eine lebende Tote – eine Tote, wie ich eine
war, bevor du mich wachgeküsst hast."

„Ach ja? – Da habe ich doch mit Vergnügen den Prinzen
gemacht! Du hast mir nun einmal so gut gefallen, dass mir
gar nichts anderes übrig blieb, als dich zu küssen."

Die beiden gingen Hand in Hand durch die einzelnen
Säle. Mal kommentierten sie die Gemälde, ein anderes Mal
genossen sie stumm die Stimmungen, welche die Kunstwerke vermittelten.

Markus hielt vor dem Ölgemälde „Eisenwalzwerk" inne,
erschaffen von Adolph Menzel. Ihm gefiel es, dass dort die
handwerkliche Tätigkeit in mehreren Facetten abgebildet
war: der glühende Stahl, der von den Männern im Walz-
werk mit Hilfe riesiger Zangen in die richtige Lage gebracht wurde, und die abstrahlende Hitze der Werkstücke,
welche sich in den Gesichtern der Männer widerspiegelte.
All das hatte der Künstler in seinem Bild verewigt. Auch
ein anderes seiner Gemälde erzeugte, trotz der Gewöhnlich-
keit des abgebildeten Themas, bei den beiden Entzücken,
nämlich „Schlafzimmer des Künstlers", wie der nebenhän-
gende Text das Werk beschrieb –: ein kleines Zimmer, dessen im Vordergrund stehendes Bett oberflächlich mit einer

Tagesdecke abgedeckt war. Durch ein Fenster fiel Licht in den Raum, das die im Zimmer befindlichen Dinge unterschiedlich beeinflusste.

Das Bild „Ballsouper" hatte es Carla besonders angetan. Die schillernden Ball-Kleider in all ihren unterschiedlichen Färbungen und die prächtige Umgebung mit den Kronleuchtern erinnerten sie an den Sissi-Film – Skulptur um Skulptur, Gemälde um Gemälde ein Feuerwerk der Sinne.

Aber auch der Tod als Teil des Lebens wurde in den Werken immer wieder verarbeitet, wie in einem Selbstbildnis von Arnold Böcklin, auf dem der personifizierte Tod dem Maler ein Ständchen auf einer Violine spielt. Markus konnte seiner Carla ansehen, wie diese Gemälde ihre Seele berührten.

„Ach Markus, in allen Menschen liegt die Angst vor diesem Ungewissen. Alle Kulturen versuchen, ihn zu erklären und zu begründen", meinte sie leise.

„Ja, der Großteil der Menschheit versucht, den Tod zu verdrängen. Aber es gibt kein Entrinnen; ob Mann, ob Maus –: Es wird alle ereilen!"

„Was spielt es dann überhaupt für eine Rolle, wie lange ein Leben dauert?"

„Aber Carla, jeder gelebte Tag ist Leben – Leben, das uns gegeben wurde, und welches man nicht einfach wegwerfen darf."

„Ich verstehe den Sinn des Sterbens nicht, oder ich verstehe den tieferen Sinn des Lebens nicht."

„Irgendwann wird sich dir der Sinn eröffnen. Und nichts von dir und deiner Liebe geht je verloren."

„Ja, vielleicht", antwortete Carla ein wenig niedergeschlagen.

„Schau hier, ebenfalls ein Bild von Böcklin: Es heißt ‚Die Toteninsel‘. Der Mann, der mit einer Fähre in das Reich der Toten gebracht wird, scheint voller Erwartung zu sein. Wie eine Fluchtburg sieht diese Insel aus – unerschütterlich die Steilwände, und dann auch ein grüner Hain, der Neugierde weckt. Ein wenig bedrohlich erscheint der dunkle Zugang. Man weiß einfach nicht, was sich hinter diesem Zugang befindet. Ein Paradies? Das große Nichts? Die Hölle? Wer kann es sagen!“

Markus nahm Carla an die Hand und ging mit ihr zur nächsten Etage. Dort waren die Gemälde des Caspar David Friedrich ausgestellt. Menschen, abgewandt vom Betrachter des Bildes, schauten bei Vollmondlicht in fast unwirklich anmutende Landschaften – dann aber auch Gemälde mit Sonnenuntergängen und romantischen Landschaften, wie man sie sich in einer schönen, heilen Welt vorstellt.

„Schau mal Carla, eigentlich haben wir doch alle das Gefühl für Schönheit in uns. Die Menschen, die sich vor hundert Jahren dieses Bild angeschaut haben, dürften das Gleiche gefühlt haben wie wir jetzt.“

„Sag mal, woher weißt du denn, was ich jetzt empfinde?“ Markus erklärte dazu:

„Ich war einfach davon ausgegangen, dass es dir gefällt.“

„Gefällt mir ja auch, aber du hättest mich ja mal danach fragen können! Doch, um auf das Thema zurückzukommen –: Ich verstehe, was du mir darlegen möchtest. Auch im Computerzeitalter spricht einen normalen Menschen ein schöner Sonnenuntergang an, oder da löst eine romantische Landschaft ein positives Gefühl selbst bei einem ansonsten kühlen Verwaltungsangestellten aus.“

„So in etwa wollte ich das ebenfalls ausdrücken.“

„Komm, jetzt schauen wir uns noch die Franzosen an", sagte Markus und drängte Carla zum Weitergehen.

„Markus, sieh dir diesen Flieder von Manet an! Ist doch kaum zu glauben, wie der Künstler es geschafft hat, das Glas darzustellen."

„In diesen Hallen hängen wirklich die Werke von Meistern ihres Faches. So wie er die Lichtbrechung einer Vase auf der Leinwand verewigt hat, ist das schon faszinierend!"

Dann blieben die beiden vor einem Renoir stehen, zu dem Markus feststellte:

„‚Im Sommer' heißt dieses schöne Bild."

„Ja, man kann sogar das Sonnenlicht durch das Blattwerk flirren sehen."

„Stimmt, und man spürt richtig, wie warm es an diesem Sommertag war."

Derart abgelenkt von den alltäglichen Problemen genossen sie noch für einige Zeit den Aufenthalt in dem Museumsgebäude. Unendlich viele positive Eindrücke nahmen die beiden mit nach Hause.

33

Auch für sie zeigte sich der Sommer von seiner schönsten Seite. So entschieden sie sich, den Tag in ihrer Sitzecke im Garten ausklingen zu lassen.

„Markus, du wolltest mir doch noch das Spatzennest zeigen!", bat Carla, als sie den Garten erreichten. Markus führte sie direkt zu dem Strauch, in dem er am Tag zuvor das Nest entdeckt hatte. Und tatsächlich –: Als sie in das

Geäst des Strauches hineinschauten, saß eines der Elterntiere aufgeplustert auf dem Nest.

„Oh, Markus, schau nur, die Vogelmama wärmt ihre Babys!"

„Drei Junge müssten sich im Nest befinden."

Einige Minuten später machte sich das weibliche Elterntier wieder auf die Suche nach Futter. So war die Sicht auf die Küken wieder frei.

„Wie süß! Drei kleine Spätzchen", flüsterte Carla.

„Ja, das ist wirklich ein sehr schöner Anblick. Guck, die Kleinen bekommen schon ihr Federkleid. Noch 'ne Woche, dann sind die Vögelchen flügge."

„Vielleicht werden wir Zeugen des Ausfluges. Wir haben ja hier praktisch einen Platz in der ersten Reihe."

„Ich denke, es liegt im Bereich des Möglichen. So, jetzt müssen wir wieder ein wenig Abstand halten, damit die Elterntiere weiter füttern können."

Die beiden setzten sich in ihre Sitzecke, welche zu diesem Zeitpunkt mit Sonnenlicht durchflutet wurde. So brachten sie ihre hölzernen Gartenstühle in Liegeposition und ließen ihre Haut von den Sonnenstrahlen streicheln. Mit geschlossenen Augen streckten sie ihre Gesichter der Sonne entgegen. Markus bemerkte:

„Hm, das tut gut!"

„Oh ja, das ist Balsam für die Seele."

„Ich denke, unser Hautarzt ist da anderer Meinung."

„Mit so etwas macht man keine Scherze", antwortete Carla kichernd.

Beim gemeinsamen Abendessen erzählten sie den Mitbewohnern von ihren Eindrücken, die sie bei ihrem Ausflug zu den Sehenswürdigkeiten gewonnen hatten. Brian war

Schriftsteller und kunstbegeistert. Daher interessierte er sich besonders für den Museumsbesuch.

„Welches Objekt hat euch denn am besten gefallen?", fragte er die beiden. Carla erwiderte, und Markus pflichtete ihr bei:

„Die Dornröschen-Skulptur aus weißem Marmor war für mich das absolute Highlight."

„Ah, ich weiß, von welcher Skulptur ihr redet! Ich mag dieses Kunstwerk ebenfalls." Markus wollte wissen:

„Was schreibst du denn so?"

„Ja, zuerst einmal schreibe ich Artikel für die Tageszeitung ‚Neues Deutschland', und ansonsten Novellen oder Erzählungen. Ich kann euch ja mal etwas von mir reinreichen, wenn ihr mögt."

„Gern. Ich bin sehr gespannt, was für einen Schreibstil du hast", meinte Markus, wozu Carla eifrig nickte.

„Wenn ich euch beiden so anschaue, dann denke ich, ihr würdet bestimmt gern etwas über die Liebe lesen – mit viel Herzschmerz und knisternder Erotik, oder?"

„Wie kommst du darauf?", meinte Carla.

„Sogar ein Blinder würde erkennen, dass ihr ein Liebespaar seid." Markus warf lächelnd ein:

„Brian, so ist es. Wir sind ein Paar. Wir lieben uns sehr."

Carla erschrak über Markus' Offenheit und errötete ein wenig:

„Wie ich schon sagte: Ein Blinder würde bemerken, dass ihr ein Paar seid. Aber ihr könnt ruhig zu eurer Liebe stehen. Denn meiner Meinung nach passt ihr beiden gut zusammen." Carla antwortete prompt:

„Wir müssen es aber auch nicht an die große Glocke hängen. Eine Partnerschaft ist doch nichts Außergewöhnliches." Brian entgegnete:

„Aber wir wollen uns doch so verhalten wie in einer Großfamilie. Da sollten doch alle übereinander Bescheid wissen." Darauf reagierte Carla ein wenig gereizt:

„Ich weiß doch auch kaum etwas von dir! Hast du eine feste Freundin? Willst du Kinder haben? Was hast du sonst noch so im Leben vor?"

„Langsam, langsam, eine Frage nach der anderen. Nein, ich habe keine feste Freundin. Ich bin nicht monogam veranlagt. Dazu bin ich noch bisexuell. Damit hat sich ja wohl auch die Frage nach einem Kinderwunsch erledigt, oder?"

Carla errötete nun vor Eifer ein wenig:

„So genau wollte ich es eigentlich gar nicht wissen. Man muss ja nicht auch noch die sexuellen Vorlieben seiner Mitbewohner kennen, um mit ihnen ein harmonisches Zusammenleben zu pflegen."

„Entschuldige bitte, wenn ich dich mit meinem persönlichen Lebensmodell geschockt haben sollte. Ich wollte euch gar nicht tiefer in mein Privatleben hineinschauen lassen. Aber so ist das nun mal in einer Familie: Da muss man auch mit den komplizierten oder untypischen Merkmalen eines Mitgliedes klarkommen." Da mischte sich Markus ein:

„Ach, ist alles kein Problem, lieber Brian. Wir kommen ja damit klar. Was Carla sagen wollte, ist doch nur, dass sie es nicht in aller Ausführlichkeit erfahren möchte. Es hätte gereicht, wenn du uns gesagt hättest, dass du in keiner festen Beziehung lebst."

„Für das nächste Mal weiß ich Bescheid."

„Dann bis bald mal wieder", verabschiedete sich Markus von ihm, begleitet von einem Lächeln Carlas.

Nach dem Abendessen zogen sich die beiden ungewöhnlich schnell in ihr Zimmer zurück. Wie alle frisch Verliebten konnten sie nicht voneinander lassen. Sie neckten sich wie pubertierende Teenager und hatten sonst nichts im Sinn, als sich ihre Zuneigung zu beteuern, ihrem Glücksgefühl Ausdruck zu geben und sich von der Hoffnung tragen zu lassen, dass es immer so bleiben möge wie im Augenblick.

34

Am nächsten Morgen stand Carla wieder sehr früh auf, um zusammen mit Reinhold den Gemüsegarten zu pflegen. Aber bevor Carla das Haus verließ, nahm sie noch mit Markus ein ausgiebiges Frühstück ein. Und nachdem Markus Carla an der Haustür verabschiedet hatte, traf er auf Inga. Inga wollte an diesem Morgen ihren Yoga-Kurs für die Hausfrauengruppe abhalten.

„Na Markus, hast du Lust, mir ein wenig bei der Vorbereitung meines Kurses zu helfen? Der Raum müsste noch ausgefegt werden; und ich bin schon ein wenig spät dran."

„Klar, tue ich doch sehr gern für dich! Ich leg schon mal los. Mach du dich in Ruhe fertig!"

Markus öffnete zuerst das Fenster des Raumes, um ihn zu lüften. Anschließend begann er, den Parkettboden zu fegen. Danach rollte er alle im Raum befindlichen Thermo-Matten auseinander, um sie ordentlich nebeneinander zu legen.

Als Inga in den Raum kam, hatte sie ihre Sportkleidung an und war total durchgestylt. Markus dachte beim Anblick von Inga:

„Mensch, die steht ja echt gut im Strumpf! In Sportkleidung macht die eine richtig gute Figur."

„Markus, du bist ein Schatz! Es ist ja schon alles fertig. Du hast mir wirklich sehr geholfen. Das ist sehr lieb von dir. Danke", sagte Inga und berührte dabei Markus mit ihrer Hand am Oberarm.

„Gern ge…", brachte Markus noch heraus, da schellte es an der Türklingel.

„Lässt du bitte noch die ersten Kursteilnehmer ins Haus?", fragte Inga in einer zuckersüßen Stimmlage.

„Bin schon unterwegs. Falls du noch einmal meine Hilfe benötigst, dann melde dich einfach bei mir", entgegnete Markus und ging zur Haustür, um die Kundschaft von Inga reinzulassen.

Anschließend wollte Markus sich in sein Zimmer zurückziehen. Aber auf dem Flur traf er auf Gudrun, die ihn beiseite zog. Gudrun sagte flüsternd:

„Bei Inga musst du sehr vorsichtig sein. Sie ist eine ‚Femme fatale', wenn du verstehst, was ich meine."

„So? Sie macht aber eigentlich einen sehr netten Eindruck auf mich."

„Das ist ja das fatale: Sie ist sogar sehr lieb. Wenn da nur nicht ihre schlimme nymphomane Veranlagung wäre. Das darfst du Carla auf keinen Fall antun. So sehr Inga dich auch locken mag −: Bleib deiner Carla treu! Es würde sie umbringen, wenn du sie hintergehen würdest."

„Gudrun, du scheinst keine hohe Meinung von mir zu haben, wenn du mir so etwas zutraust."

„Ich kenne doch Inga. Wenn die sich etwas in den Kopf gesetzt hat, bekommt sie es auch. Sollte sie erst deine Vorlieben kennen, wüsste sie das auszunutzen. Und du würdest ihr bestimmt verfallen."

„Hör zu, meine liebe Gudrun: Ich werde ihr widerstehen. Aber jetzt habe ich noch eine Frage an dich. Kennst du einen Wilfried Lehmbruck?"

„Natürlich kenne ich Wilfried Lehmbruck. Das ist mein Vater. Woher kennst du seinen Namen?"

Jetzt fiel Markus auf, dass es sehr dumm war, so arglos zu fragen. Er konnte ihr ja unmöglich erzählen, dass er die scharfe Kriegswaffe des Vaters gefunden hatte. Vor allen Dingen wusste er, dass der unerlaubte Besitz einer Kriegswaffe gegebenenfalls eine Gefängnisstrafe nach sich zieht. So beschloss er, nur etwas über das zusammen mit der Waffe gefundene Soldbuch zu berichten:

„Ich habe draußen in dem Holzschuppen das Soldbuch deines Vaters gefunden."

„Wirklich? Ich habe zwar gewusst, dass mein Vater im Krieg war. Aber sein Soldbuch hatte er mir nie gezeigt. Eigentlich ist es ja nicht verwunderlich, dass du in der Hütte etwas von ihm gefunden hast. Mein Vater hat sie ja selber gebaut."

„Ich bringe dir das Soldbuch mit, wenn wir uns zum Abendessen treffen."

Wieder schellte es an der Haustür; Markus betätigte sich als Türöffner. Einige Nachzüglerinnen von Ingas Yogagruppe fanden so Einlass, und Markus nahm das zum Anlass, das Gespräch mit Gudrun zu beenden.

Am Abend fanden sich fast alle zum Abendessen in dem Speiseraum ein. Reinhold und Carla kamen zuletzt. Sie wirkten ein wenig erschöpft, strahlten aber dennoch eine gewisse Zufriedenheit aus. Markus begrüßte Carla, indem er ihr einen Kuss auf den Mund gab. Dabei dachte er:

„Ganz rosige Wangen hat sie; die landwirtschaftliche Arbeit scheint ihr gut zu bekommen. Es war richtig, dass wir hierher geflüchtet sind. Ich glaube, sie wird hier geheilt werden."

Sodann erkundigte er sich nach ihrer Arbeit:

„Wie war denn dein Tag, mein Sonnenschein?"

„Wir haben heute ein ganzes Feld Blumenkohl abgeerntet. Ich bin halt, wie öfter in letzter Zeit, sehr erschöpft. Seit wann hast du denn einen Kosenamen für mich?"

„Schon länger, falls du das noch nicht bemerkt haben solltest. Weißt du eigentlich, warum du mein Sonnenschein bist?"

„Sag es mir!"

„Du bist in dieser kurzen Zeit mein Lebensmittelpunkt geworden. Wenn ich dich anschaue, geht die Sonne für mich auf", flüsterte Markus Carla ins Ohr.

Carla umfasste Markus' Gesicht mit beiden Händen und bemerkte ernst:

„Mein lieber Schatz, du denkst nur, ich sei dein Sonnenschein. Du hast dich halt in mich verliebt. Dabei bin ich eine Fußfessel für dich. Und nur deine Hormone gaukeln dir etwas anderes vor. Irgendwann werde ich dir mit meiner Vorgeschichte zur Belastung werden."

„Da mach du dir mal keine Sorgen! Ich denke, dass ich mit meinen fünfunddreißig Jahren die eigenen Gefühle richtig einschätzen kann."

„Ich liebe dich doch ebenfalls. Und ich bin glücklich, dass es dich gibt."

Als sie alle am Tisch saßen und aßen, sagte Reinhold:
„Carla, am Wochenende brauche ich keine Hilfe. Da kannst du dich erst einmal von den letzten Einsätzen ausruhen."

„Mensch Carla, dann können wir heute Abend ja schön ausgehen!", meinte Markus voller Freude.

„Wohin möchtest du mich denn ausführen?"

„In eine Diskothek oder eine Musikkneipe."

„Ich glaube, ich muss dich enttäuschen. Dafür habe ich noch keine Kleidung." Markus schaute in die Runde und sprach Inga an:

„Sag mal, Inga, kannst du Carla vielleicht Kleidung leihen? Ich glaube, eure Konfektionsgröße müsste in etwa die gleiche sein."

„Was möchtest du denn, Carla –: etwas Feminines oder lieber etwas Sportliches?", fragte Inga mit einer Freundlichkeit, die leicht übertrieben wirkte.

„Hast du ein kleines Schwarzes für mich?"

„Und ob ich ein kleines Schwarzes habe! Komm bitte mit in mein Zimmer, da kannst du es auch gleich anprobieren."

Die beiden gingen dann kichernd in Ingas Zimmer. Als sie nach zwanzig Minuten wieder ins Speisezimmer zurückkehrten, stockte Markus der Atem: Vor ihm stand ein Vamp mit hochgesteckten Haaren! Dazu trug sie ein ultrakurzes Jersey-Kleid, und die Schönheit ihrer makellosen Beine wurde durch Seidenstrümpfe verstärkt. Außerdem wurde ihre Köperhaltung durch schwarze High Heels besonders betont. Alle, die im Speiseraum verblieben waren, zeigten sich begeistert von Carlas Aussehen.

„Carla, da muss ich ja heute Abend aufpassen, dass du mir nicht geklaut wirst!", rief Markus lachend in die Runde. Dann fragte er Erik:

„Was meinst du, Erik, kannst du uns in eine schöne Diskothek bringen? Wir wollen ein wenig auf den Putz hauen."

„Klar, mache ich doch gern! Ich wollte heute sowieso noch für einige Stunden arbeiten."

Erik chauffierte die beiden dann zu einer der modernen Großraum-Diskotheken der Stadt.

„Hier in diesem Schuppen ist für jeden etwas dabei. Die Tanzsäle sind nämlich nach Musikgeschmack aufgeteilt", erklärte Erik und deutete mit dem Arm auf die Diskothek „Black Star".

35

Gut gelaunt machten sich Carla und Markus auf den Weg in die Disko. Vor der Kasse war nur eine kleine Warteschlange. So dauerte es nicht lange, bis sie eingelassen wurden. Der Security-Mann winkte die Gäste nach einem kurzen musternden Blick durch, sodass die beiden in der Abteilung Rock/Pop auf die Tanzfläche gelangten. Weil das Licht in diesen Räumlichkeiten ziemlich abgedunkelt war, fühlten sie sich auf der Tanzfläche nicht wie auf einem Präsentierteller: Nur gelegentlich wurden sie von der Beleuchtungsanlage, die dem Rhythmus der jeweils abgespielten Musik angepasst war, mit farbigem Licht angestrahlt.

Bei den Musikstücken der aktuellen Charts tanzten die beiden offen zusammen. Carla machte eine sehr gute Figur auf der Tanzfläche. Während des Tanzes musterte Markus seine Freundin von oben bis unten. Sein Begehren für die Frau, die so stilvoll mit ihm tanzte, war grenzenlos. Markus wusste, dass er sein Herz an Carla verloren hatte. Er fühlte sich unglaublich gut bei dem Gedanken daran.

Mit fortschreitender Stunde füllte sich die Tanzfläche dermaßen, dass die beiden beschlossen, sich erst einmal an die Bar zurückzuziehen. Da wegen der lauten Musik eine Unterhaltung so gut wie unmöglich war, schauten sie still den anderen beim Tanzen zu. Als Carla feststellte

„Ich beobachte gern andere Leute!",

konnte Markus sie kaum verstehen. Er antwortete rufend:

„Ja, ich auch! Möchtest du etwas trinken?"

„Komm, wir gönnen uns erst mal ein Bier!"

„Gute Idee. Ich hab 'nen riesigen Durst!"

Als plötzlich ein Lieblingslied von Carla abgespielt wurde, tranken sie eilig das frisch gezapfte Bier aus, um dann auf die Tanzfläche zu eilen. Jetzt tanzten sie eng umschlungen. Alle konnten sehen, wie verliebt die beiden waren. In diesem Augenblick kam es Carla vor, als würde die Zeit stehen bleiben. Markus hielt sie mit seinen starken Armen, während sie sich rhythmisch im Kreis drehten.

Carla fühlte sich absolut geborgen – so geborgen, wie sie sich schon sehr lange nicht mehr gefühlt hatte. Sie wusste ganz genau, dass der Mann, der sie hier zum Tanzen ausführte, zu ihr halten würde – egal, was noch geschehen sollte. Dieser Mann mit Charakter, der sie trotz ihrer Schwäche liebte, strotzte vor Kraft. Und diese Kraft würde er ohne Wenn und Aber für sie einsetzen. Dessen war sie sich sicher.

So tanzten sie voller Lebensfreude die ganze Nacht hindurch. Als dann gegen drei Uhr morgens der Diskjockey sich von seinen Gästen verabschiedete und die Beleuchtung auf „unangenehm" eingestellt worden war, verließen sie gemeinsam mit den anderen Verbliebenen die Diskothek.

„Komm Carla, wir suchen uns noch einen Club, der geöffnet ist."

Carla, die ihre hochhackigen Schuhe an den Riemchen in der Hand hielt, antwortete lachend:

„Aber nur, wenn wir dort sitzen können. Ich spüre meine Füße gar nicht mehr!"

„Das ist bei den Schuhen ja auch kein Wunder! Mal sehen, ob wir noch etwas Passendes finden. War doch wohl 'n toller Schuppen, oder?"

„So viel Spaß hatte ich schon lange nicht mehr. Danke, dass du mir so viele schöne Seiten des Lebens bietest, ohne dir wirklich ganz sicher sein zu können, dass ich für immer bei dir bleiben würde – bei all unseren Schwierigkeiten im Hintergrund. Du weißt schon, was ich meine."

Markus überging diese Anflüge trüber Gedanken ohne eine Bemerkung dazu. Sie schlenderten Hand in Hand durch die Gassen der schlafenden Stadt. Die von der Tageshitze aufgeheizten Gebäude gaben immer noch Wärme ab, sodass Carla nicht frieren musste, obwohl sie leicht bekleidet war. Einige der Disko-Besucher, die zusammen mit den beiden das „Black Star" verlassen hatten, wollten ebenfalls noch nicht nach Hause. Ein Mann aus der vorangehenden Gruppe sagte:

„Los, wir gehen noch ins ‚New Orleans'! Die haben bis sechs Uhr geöffnet."

Markus entschloss sich, den anderen Leuten, die sich hier scheinbar auskannten, einfach nachzugehen.

Irgendwann standen sie dann vor einer unspektakulären Kellertreppe, über der ein Neonröhren-Schriftzug darauf hinwies, dass die Gaststätte „New Orleans" sich in den Keller-Räumen befand.

Nachdem sie die steile Treppe hinabgegangen waren, mussten sie noch die mit Stickern zugepflasterte Tür passieren, um Einlass in eine düstere Unterwelt zu bekommen. Aufgemalte neon-farbige Pfeile wiesen den Weg zu den Räumlichkeiten der Gaststätte. Ohne diese Wegweiser würden sich die Gäste in dem Gewirr von Gängen heillos verlaufen. Schon bevor sie den Gastraum erreichten, hörten sie ein Saxophon, auf dem der Blues gespielt wurde. Neugierig traten sie in den nur durch Kerzenlicht beleuchteten Raum. Fast alle Sitzplätze an den Tischen waren belegt. Auch auf den Barhockern vor der Theke gab es kaum freie Plätze.

Markus ergatterte dann doch noch einen Barhocker für Carla. So konnte sie endlich ihren Füßen eine verdiente Pause gönnen. Das Musiker-Trio, bestehend aus je einem Bassisten, Schlagzeuger und Saxophonisten, bewies sein Können, indem es improvisierte Stücke spielte. Diese Musikstücke waren sehr wohlklingend und regten die Zuhörer an, sich zu öffnen. Einige der Gäste wippten mit den Füßen im Takt, andere nickten mit dem Kopf. Unter ihnen gab es sogar Liebhaber dieser Musik, die mit geschlossenen Augen den Klängen lauschten.

Markus bestellte zwei Longdrinks. Er stellte sich hinter die auf dem Barhocker sitzende Carla und umarmte sie mit einem Arm. Sie ließen sich von der inspirierenden Musik zum Träumen verleiten, während sie voller Genuss das fruchtige Wodka-Mischgetränk genossen. Dass die Musiker sehr engagiert waren, konnte man daran erkennen, dass sie ein Stück nach dem anderen spielten – ohne lange Pausen dazwischen. Irgendwann übernahm der Moderator das Mikrophon von ihnen. Er bedankte sich bei dem Trio und den Gästen für ihr Kommen, stellte das Programm für das folgende Wochenende vor und wies auf den Ladenschluss hin.

36

Als Carla und Markus den Musikkeller verließen, ging schon die Sonne über der Hauptstadt auf. Die wenigen Wolken, die sich am Himmel befanden, wurden von der Morgensonne in warme Farben gehüllt. Die Vögel in den Allee-Linden begrüßten den neuen Tag mit ihrem Gesang.

Eng umschlungen schlenderten die beiden durch die Straßenschluchten der Stadt. Nur vereinzelt fuhr an diesem Sonntagmorgen ein Auto durch die Straßen. Auch die Jogger und Hundebesitzer schienen noch zu schlafen, denn weit und breit begegnete ihnen kaum ein Mensch. Jetzt waren nur diejenigen unterwegs, die sonst im Getümmel der Stadt untergehen. Hier und da sah man Flaschensucher, die in ihrem Revier nach der spärlichen Beute Ausschau hielten.

Sie gingen eine ganze Weile, bis sie ihr Zuhause erreichten. Obwohl beide langsam müde wurden, hatte Carla vor, noch nach den Spatzen zu sehen:

„Sollen wir uns noch die kleinen Spatzen anschauen, mein Schatz? Jetzt ist es die beste Zeit, die Kleinen zu beobachten, denn die Elterntiere füttern ihre Jungen früh morgens am aktivsten."

Also gingen sie direkt in den Garten, um sich das Nest anzuschauen. Langsam pirschten sich die beiden an den Strauch heran, in dem sich das Nest befand. Da sich keines der Elterntiere in der Nähe des Nests befand, lagen die Küken friedlich schlafend da. Carla flüsterte:

„Schau mal, wie friedlich die Kleinen daliegen. Die sind so süß! Der rechts liegt, der sieht aus wie Tweety aus der Zeichentrickserie."

„Ja, eine gewisse Ähnlichkeit lässt sich nicht verleugnen", meinte Markus bestätigend.

„Komm Carla, ich bin jetzt wirklich müde. Lass uns heute Nachmittag noch einmal nach den Kleinen schauen."

Carla nickte fröhlich. Dann gingen sie ins Haus, um nach der durchfeierten Nacht endlich zur Ruhe zu kommen. Kaum lagen die beiden in ihrem Bett, fielen sie in einen tiefen Schlaf.

Gegen Mittag erwachte Markus mit einem starken Hungergefühl. Leise schlich er sich aus dem Bett und zog sich schnell an, um in die Küche zu hasten. Dort bereitete er eilig Spaghetti mit einer scharfen Tomatensauce vor. Anschließend weckte er Carla liebevoll. Sie fragte schlaftrunken:

„Ist denn schon wieder Zeit zum Aufstehen?"

„Schatz, ich denke schon! Ich habe uns eine Kleinigkeit zum Essen vorbereitet. Machst du dich eben frisch und kommst dann in den Speiseraum?"

„Ja Liebling, ich fliege! Aber bevor ich loslege, möchte noch einen Kuss von dir", antwortete Carla und öffnete die

Arme für eine Umarmung. Gern kam Markus ihrem
Wunsch nach und gab ihr einen stürmischen Kuss:

„Los, los, unser Essen wird kalt!"

„Jetzt treib mich doch nicht so. Ich bin doch schon unterwegs!", sagte Carla und huschte aus dem Bett.

Derweil zündete Markus im Speiseraum Kerzen an und
öffnete eine Flasche leichten Rotwein. Als Carla den Raum
betrat und sie Markus an dem schön gedeckten Tisch sitzen
sah, glänzten ihre Augen.

„Nun setz dich doch. Was schaust du denn so entgeistert.
Das sind doch bloß Spaghetti." Eine Träne lief über Carlas
Wange:

„Du bist so gut zu mir. Für mich hat noch nie ein Mann
etwas gekocht!"

Markus stand auf, um Carla zu umarmen:

„Mensch Carla, du machst es mir ja auch richtig leicht,
dich glücklich zu machen. Glaube mir, wir werden ein gutes Leben zusammen haben!"

Carla schmiegte sich ganz nah an Markus' Brust, und mit
geschlossenen Augen nickte sie. Markus nahm seinen Mut
zusammen und sagte:

„Carla, ich bin zwar noch nicht geschieden, aber wenn ich
frei bin, würde ich dich gern heiraten."

„Das willst du dir antun – mit all den Altlasten, die ich
mit mir herumschleppe?"

„Ja Carla, mit all deinen Altlasten, wenn du das so bezeichnen möchtest! Ich liebe dich sehr! Für mich jedenfalls
gibt es keine andere Wahl. Nur du bedeutest mir etwas. Das
musst du doch langsam gemerkt haben."

„Mein liebster Schatz, ich kann deinen Antrag doch gar
nicht ablehnen. Alles andere wäre ja in unserer Situation

ein Unding. Es ist nun mal so gekommen mit uns: Du bist der einzige Mensch auf dieser Welt, der mein Leben noch lebenswert macht – nach allem, was war."

In diesem Augenblick umarmte Markus Carla und gab ihr nochmals einen liebevollen Kuss. Dann stellte er nüchtern fest:

„So, jetzt essen wir erst mal. Die Nudeln sind sonst wieder kalt."

Markus schenkte Carla Rotwein ein und füllte ihren Teller mit Spaghetti. So genossen die beiden gemeinsam das einfache Mahl zusammen mit dem roten süffigen Wein. Anschließend fragte sie:

„Was meinst du –: Sollten wir vielleicht gleich ein wenig in den Garten gehen? Heute können wir uns noch schön sonnen. Wer weiß, wie lange das gute Wetter anhält."

„Ja, das ist eine prima Idee. Hol schon mal ein paar Handtücher und geh vor. Ich erledige nur eben den Abwasch." Carla wollte ihm das nicht allein überlassen und sagte:

„Dabei kann ich dir doch helfen!" Aber Markus schlug das Angebot aus:

„Komm, lass mich das allein machen! Ich habe gekocht; dann muss ich nun ja auch abwaschen."

Carla lachte und gab Markus einen Kuss. Danach ging sie in ihr Zimmer, um die Handtücher zu holen.

37

Im Garten richtete sie die Gartenstühle schnell gegen die Sonne aus. Carla legte gerade die Handtücher auf den Stühlen ab, als sie ein lautes, hektisches Vogelgezwitscher wahrnahm. Weil sie ergründen wollte, was es damit auf sich hatte, schaute sie in die Richtung des Lärms:

Voller Schrecken musste sie feststellen, dass der Lärm von dem Spatzennest herrührte, vor dem eine große Dohle auf und ab flog. Als die Dohle wieder im Sturzflug das Nest attackierte, hielt es das Elterntier nicht mehr auf dem Nest: Laut kreischend stürzte sich der Spatz auf die Dohle und wollte sie vom Nest vertreiben. Nun nutzte eine zweite Dohle, die sich bisher im Hintergrund gehalten hatte, die Gelegenheit, um über das ungeschützte Nest herzufallen. Mit ihrem scharfen Schnabel griff die grau-schwarze Dohle nach einem der Küken. Als der Spatz bemerkte, was für ein gemeines Spiel an seinem Nest gespielt wurde, griff er sofort jene Dohle an, die mit einem Küken zu fliehen versuchte.

Carla, die Zeugin dieser dramatischen Ereignisse war, glaubte zu erkennen, dass es sich bei dem gestohlenen Küken um Tweety handelte. Sie konnte genau sehen, wie der kleine Vogel sich befreien wollte. Das Elterntier hatte in Windeseile die Dohle erreicht und attackierte sie mit seinem kleinen Schnabel. Die Dohle aber ließ sich von diesen Attacken überhaupt nicht beeindrucken: Geschickt wich sie dem Spatzen aus, ohne ihre Beute loszulassen. Der zwitscherte lautstark und verfolgte den gemeinen Mörder, ohne diesen auch nur im Geringsten zur Aufgabe seiner Tat bewegen zu können.

Dieser Anblick erschütterte Carla so sehr, dass ihr vor Aufregung die Beine zitterten. Sie setzte sich auf einen der Stühle und hielt sich ihre Hände vors Gesicht. Als Markus Carla so vorfand, wunderte er sich sehr und fragte:

„Carla, was ist denn nur?"

Carla nahm die Hände von ihrem Gesicht und schaute Markus tieftraurig an. Dann stammelte sie verwirrt:

„Tweety ist tot!"

„Wie? Was ist denn passiert?"

„Das Spatzennest wurde von großen Raben überfallen."

„Hm, du meinst bestimmt die Dohlen, die sich immer hier herumgetrieben haben."

Carla war ganz bleich geworden und wirkte dazu auch noch abwesend. Markus machte sich nun richtig Sorgen um sie. Er versuchte, Carla zu trösten:

„Schatz, das ist in der Tierwelt nun einmal so. Das können wir nicht aus der Sicht des Menschen bewerten. Die süßen Küken bedeuten für die Dohlen Nahrung und somit Leben. Vielleicht haben die Dohlen zurzeit selber ein Gelege und müssen ihrerseits die Küken versorgen."

Carla schaute Markus mit glanzlosen Augen an. Er redete weiter auf sie ein:

„Carla, du darfst die Dohlen nicht aus menschlicher Sicht als bösartig einstufen. Es liegt in ihrer Natur, etwas Derartiges zu tun. Das hält die Natur im Gleichgewicht. Vögel wie die Elstern sind Nesträuber. Auch ein possierlicher Marder macht Dinge, die uns Menschen grausam vorkommen."

„Markus, wenn du das Elterntier gesehen hättest, wie es sein Junges zu verteidigen suchte! –: Ohne Angst vor dem viel größeren und stärkeren Vogel zu haben, griff es immerzu an. Aber der Spatz hatte keine Chance. Auch waren die Dohlen zu zweit. Immer wieder hat der Spatz versucht, sein Kleines doch noch zu retten. Und was habe ich gemacht, als mein Sohn mich brauchte? Ich habe meinen Henrik im Stich gelassen, obwohl ich ganz genau wusste, wie sehr er meine Hilfe benötigte."

„Oh Carla, ich verstehe natürlich, warum du so verstört bist, und dass du das auf dich beziehst, was da eben passiert ist! Wenn dir die Möglichkeit gegeben worden wäre, das Leben deines Sohnes zu retten, hättest du doch gewiss ebenfalls unter größtem Einsatz versucht, ihm zu helfen – ganz genau wie die kleine Spatzen-Mama, die alles in die Waagschale geworfen hat, um ihr Küken zu retten. Aber dein Henrik ist bei einem schrecklichen Unfall ums Leben gekommen. Das ist der große Unterschied! Und ab da war doch keinerlei Hilfe möglich, absolut unmöglich! Keine Frage: Du wirst deinen Sohn immer im Herzen bewahren und viel Liebe für ihn verspüren. Nur sehe ich es so: Alles, was darüber hinausgeht, ist sinnlos und letztlich selbstzerstörerisch!"

Carlas Gesicht hatte jeden Ausdruck verloren. Sie machte zudem den Eindruck, als hätte sie ihm gar nicht mehr zugehört. Markus umarmte Carla und gab ihr einen Kuss auf die Wange. Doch sie verharrte starr auf ihrem Sitzplatz. Er dachte:

„So ein Scheiß! Jetzt geht es Carla wieder richtig schlecht. Konnten die blöden Dohlen nicht ein anderes Nest plündern? Wie kann ich sie denn nur wieder beruhigen? Am besten, ich gehe mit ihr erst einmal in unser Zimmer." Dann fragte er sie:

„Sollen wir ins Haus gehen, Carla?"

Carla löste sich aus ihrer Starre und schaute Markus entschlossen an:

„Ja, lass uns reingehen! Räumst du noch die Stühle weg?"

„Ja, ich räume hier auf. Wenn du möchtest, dann geh schon vor." Carla antwortete:

„Danke!"

Sie umfasste Markus' Gesicht, gab ihm einen Kuss auf den Mund, drehte sich um und ging eilig davon. Markus räumte schnell alles weg, um ihr zu folgen.

Als er dann das gemeinsame Zimmer betrat, traute er seinen Augen nicht: Carla hielt den Karabiner, den er unter dem Bett versteckt hatte, in den Händen und hantierte heftig damit herum. Die Patronen rollten im Zimmer umher, weil sie aus der Schachtel gefallen waren. Es gelang ihr aber nicht, den Verschluss der Waffe zu öffnen. Weinend sprach sie mit sich selbst:

„Dieses verdammte Ding muss doch irgendwie aufgehen!"

Voller Wut über seine eigene Dummheit, das Gewehr im Zimmer seiner suizid-gefährdeten Geliebten versteckt zu haben, stürzte Markus auf sie zu und entriss ihr die Waffe, um sie augenblicklich mit dem Kolben voran durch das geschlossene Fenster des Zimmers zu werfen. Klirrend zersplitterte die Doppelverglasung, und das Gewehr schlug krachend auf den gepflasterten Eingangsbereich des Wohnhauses.

„Das kannst du doch nicht machen!", rief Markus fast panisch.

Carla antwortete nicht. Fast sah es so aus, als schaute sie durch Markus hindurch.

„Du willst mich allein lassen? Ich dachte, du liebst mich!

Du willst mich doch nicht etwa mit all den Problemen zurücklassen? Ich war sicher, dass wir alles zusammen durchstehen: Einer stützt den anderen, und keiner kämpft allein! Und du, du willst dich klammheimlich davonschleichen?"

Carla stand wie versteinert da, emotionslos. Markus konnte nicht feststellen, ob seine Worte in ihr Bewusstsein gedrungen waren. Da packte ihn eine ohnmächtige Wut: Er umfasste ihre Schultern und begann Carla zu schütteln. Es war fast so, als wolle er sie aus einem Alptraum wecken. Aber Carla blieb still.

Dann klopfte es energisch an der Tür, und ohne ein „Herein" abzuwarten, betraten Gudrun und Inga entsetzt das Zimmer. Gudrun hatte den metallenen Teil des zerbrochenen Gewehrs in der Hand und fragte:

„Sagt mal: Was hat das zu bedeuten?"

Als keine Reaktion von den beiden kam, fragte sie noch einmal energisch nach:

„Was ist denn hier los? Was hat das zu bedeuten?" Markus erwiderte:

„Carla hat wohl einen Rückfall! Sie hatte heute ein ungutes Erlebnis. Seitdem ist sie ein wenig durcheinander."

„Und was soll das Gewehr?"

„Ich kann dir nicht genau sagen, was sie damit vorhatte. Ich kann es nur erahnen."

„Du erklärst mir nachher, woher das Ding stammt! Das erwarte ich von dir! Ich kümmere mich jetzt erst einmal um Carla."

Gudrun stellte das Waffenbauteil in die Zimmerecke, um dann auf Carla zuzugehen. Sanft umarmte sie Carla, die offensichtlich völlig verwirrt war, wirkte beruhigend auf sie ein und schlug vor:

„Komm Kindchen, wir gehen in mein Zimmer. Zuerst mache ich dir einen guten Tee, und dann ruhst du dich einmal richtig aus. Wenn du möchtest, kannst du mit mir über alles reden, was dich bedrückt."

Ohne ein Wort von sich zu geben, ging Carla mit in deren Zimmer. Derweil begann Inga damit, die größeren Scherben des Fensters aufzusammeln und sie in den Papierkorb zu werfen. Anschließend holte sie noch einen Handfeger und ein Kehrblech, um damit die kleinen Scherben zu entfernen.

Markus, der von ihrer Hilfeleistung kaum etwas wahrnahm, da er sich zu sehr um Carla sorgte, sagte mehr zu sich selber als zu Inga:

„Ich habe im Schuppen noch Einfachverglasung und Fensterkitt gesehen. Damit können wir erst einmal das kaputte Fenster provisorisch reparieren." Inga antwortete:

„Nur zu! Zeig mir mal, was du als Handwerker drauf hast! Sag mal: Warum geht es Carla plötzlich so schlecht? Gestern war doch scheinbar alles in Ordnung."

Markus war nicht in der Laune, Inga dazu etwas Genaueres mitzuteilen:

„Das lässt sich nicht so schnell erklären. Wenn du denkst, dass wir Streit hatten, liegst du aber falsch."

„Na ja, geht mich ja auch eigentlich gar nichts an. Ich bringe noch eben die Scherben weg. Dann lass ich dich wieder in Ruhe."

Bevor sie sich zur Tür wegdrehte, fragte sie nach:

„Aber woher das Gewehr auf einmal kommt, ist eigenartig. Das muss ja jemand von euch mitgebracht haben." Markus bemerkte dazu nur kurz:

„Mitgebracht nicht! Ich habe das kürzlich zufällig in der Hütte gefunden und schnell unters Bett gelegt, als jemand an der Tür klopfte. Das war natürlich sehr dumm von mir.“

38

Carla saß auf Gudruns Sofa und starrte stumpf vor sich hin. Inzwischen setzte Gudrun einen beruhigenden Tee auf. Irgendwann brachte sie zwei große Tassen des dampfenden, wohlriechenden Getränks in ihr Zimmer. Sie ließ sich neben Carla auf dem Sofa nieder und sprach ganz leise, ohne eine Antwort zu erwarten:

„Meine liebe Carla, ich weiß ja, dass es dir lange Zeit gar nicht gut ging, und auch warum. Du hast etwas erlebt, was dein Leben in den Grundfesten erschütterte und dir den Glauben an den Sinn des Lebens nahm. Und gerade jetzt, wo du das alles erfreulicherweise einigermaßen überwunden zu haben schienst, hat dir dieser Vorfall im Garten ziemlich zugesetzt. Nun trink doch erst mal einen Schluck Tee. Der wird dir helfen!“

Gudrun hielt ihr die Tasse hin, worauf Carla das Getränk mit zitternden Händen entgegennahm. Sie trank mehrmals einen großen Schluck. Das warme Getränk brachte ihr nach und nach die gesunde Gesichtsfarbe zurück. Ganz leise erzählte Gudrun weiter:

„Auch wenn ich dir jetzt die Schönheit des Lebens in all seinen Facetten bildlich schildern würde, könntest du damit nichts anfangen. Deine Seele ist einfach eingefroren. Und diese Kälte lässt die Wärme des Glücks nicht in dein Bewusstsein dringen. Doch du musst wissen: Du stehst nicht allein mit deinen Sorgen da. In erster Linie gibt es doch Markus, der dir jeden Wunsch von den Lippen abliest. Und dann gibt es auch die Bewohner der Kommune, denen du in dieser kurzen Zeit des Zusammenlebens ans Herz gewachsen bist. Wenn wir alle zusammenhalten, wirst du doch wieder Freude am Leben finden."

Nach einer kleinen Pause fuhr sie fort:

„Ich weiß, dass es für dich kein Trost ist, wenn ich dir erzähle, welche schlimmen Dinge anderen Menschen zugestoßen sind. Aber trotzdem möchte ich dir von meinen Eltern berichten:

Mein Vater war bis zu seinem Tod Glaser. Unserer Familie stand nicht viel Geld zur Verfügung. Das war auch gar nicht nötig, denn wir waren auch so glücklich. Ich hatte noch zwei ältere Brüder. Unsere Familie bestand somit aus fünf Personen. Unsere Mutter sorgte trotz des schmalen Geldbeutels immer dafür, dass wir ordentlich aus dem Haus gingen. Sonntags machten wir schöne Ausflüge in den Tiergarten, oder wir fuhren mit der Straßenbahn bis zum Stadtrand, um spazieren zu gehen. Unser Vater erklärte uns bei diesen Gelegenheiten viel über die Flora und Fauna unserer Heimat.

Berthold und Arnold waren einige Jahre älter als ich. Ich war also das Nesthäkchen. Berthold war naturbegeistert: Er sammelte alle Arten von Insekten. Vater, der ja Glaser war, baute ihm zahllose Schaukästen, in denen Berthold seine Käfer und Schmetterlinge aufbewahrte oder präsentierte. Ich denke, mein Bruder wäre ein guter Biologe geworden. Arnold wiederum hatte eine künstlerische Veranlagung: Ob es um das Aufsagen von Gedichten ging oder um das Malen eines Gemäldes –: Wenn er etwas begann, wurde auch etwas daraus. Beide hat man zum Ende des Krieges noch eingezogen. Arnold wurde im Kampf um Berlin eingesetzt und ist dabei gefallen. Nach dem Krieg haben wir das von einem ehemaligen Kameraden Arnolds erfahren.

Berthold ist bei Königsberg verschollen, da seine ganze Einheit dort komplett aufgerieben wurde. Keiner kann sagen, ob er schon in Königsberg gefallen war oder später im Gefangenenlager verstorben ist. Für meine Mutter war diese Ungewissheit der reinste Horror, weswegen sie viel geweint hat. Aber zu all dem Unglück gesellte sich der Hunger: Mutter musste über ihre Kräfte gehen, um für uns beide Nahrung heranschaffen zu können. Als dann die Sowjets Berlin eingenommen hatten, kam es zu vielen Übergriffen bei der Zivilbevölkerung.

Mutter war einmal wieder unterwegs, um für uns etwas Essbares aufzutreiben, als sie in die Hände russischer Soldaten geriet. Ich verstand damals als kleines Mädchen noch nicht, warum Mutter mit zerrissenen Kleidern von der Nahrungssuche zurückkehrte. Auch ihr Wesen hatte sich nach der Begebenheit sehr verändert. Die sonst so liebevolle und verständnisvolle Frau war ungeduldig und ungerecht geworden. Alles, was ich erledigte, machte ich in ihren Augen zu langsam oder nicht ordentlich genug. Sie schimpfe dann oft, aber sonst war sie sehr schweigsam. Sie drohte heillos zu verbittern. Trotz all der kindlichen Liebe, die ich ihr entgegenbrachte, konnte ich an dieser Situation nichts ändern.

Mein Vater, der schon einige Jahre in diesem Krieg kämpfte, hatte sich in den letzten Kriegstagen zusammen mit einem Kameraden von der Truppe abgesetzt. Die beiden hielten sich einige Wochen an unterschiedlichen Orten versteckt. Wir wohnten damals in einem Außenbezirk von Berlin, der nicht vollkommen zerstört worden war. Unser ganzer Straßenzug ist unversehrt geblieben. Dann, als der Krieg vorbei war, stand er irgendwann tief in der Nacht vor der Tür unserer Wohnung. Mutter und ich wagten nicht, die Tür zu öffnen. In diesen Zeiten geschahen ja so viele schreckliche Dinge. Wir hatten einfach Angst. Erst als Vater unsere Namen rief, erkannten wir ihn und ließen ihn ins Haus. Überglücklich schlossen wir Vater in die Arme.

Er hatte einen derart positiven Einfluss auf unsere Mutter, dass sie nach wenigen Tagen wie ausgewechselt war. Sogar ihr liebevolles Lächeln kehrte zurück. Da meine Brüder ja nicht zurückgekehrt waren, rückten wir drei noch näher zusammen. Einer konnte sich blind auf den anderen verlassen. Auf diese Weise schafften wir es, die schlimmste Zeit zu überstehen. Da Vater noch 'ne Menge Glas in seinem Keller gebunkert hatte, konnte er unsere kleine Familie mit Tauschhandel über Wasser halten.

Im Jahr 1947 dann bekam mein Vater den Auftrag, für ein Berliner Mietshaus sämtliche Fenster herzustellen. Als er die Fenster einsetzte, traf er zufällig auf einen ehemaligen Kameraden von Arnold. Vater erfuhr nach beharrlichem Nachfragen, wie sein Sohn zu Tode gekommen war: Mein Bruder hatte mit zwei anderen Soldaten eine Panzerabwehrkanone bedient. Ihnen war es gelungen, zwei russische T34-Panzer abzuschießen, bevor ihre Kanone einen Volltreffer erhielt. Meinem Bruder sind dabei beide Arme abgerissen worden. Mit einer derart schweren Verletzung hatte man unter diesen Bedingungen so gut wie keine Überlebenschance. So verblutete Arnold trotz aller Rettungsversuche seiner Kameraden.

Als meine Mutter davon erfuhr, zog sie schwarze Kleidung an und ging gemeinsam mit meinem Vater zum Pastor. Arnolds Bild, welches neben dem Bild von Berthold im Wohnzimmer über dem Sofa hing, bekam eine Trauerschleife. An jedem Geburtstag meiner Brüder backte sie zu deren Gedenken Kuchen. Sie war am Tod meiner Brüder nicht zerbrochen – und das nur, weil mein Vater ihr die Kraft zum Leben gab. Und wenn ich ehrlich bin, glaube ich, dass Markus das Zeug hat, auch dir den Mut zum Leben zu geben! In Wirklichkeit möchtest du doch leben, oder? Und Markus wird dir dabei helfen. Glaub mir, Kleines: Er wird dir die Lebensfreude zurückgeben."

Nachdem Gudrun aufgehört hatte zu sprechen, schaute ihr Carla einmal kurz mit glanzlosen Augen ins Gesicht und sagte leise:

„Vielleicht Gudrun, vielleicht. Im Augenblick fühle ich nichts. In mir ist es nur leer. Mir erscheint das Leben an sich sinn- und ziellos. Ich weiß nicht, wie es weitergehen wird. Wir sind nun schon mehr als zwei Monate bei euch in dieser wirklich angenehmen Gemeinschaft. Du musst dir mal vorstellen: zwei Monate, und wir verstehen uns alle prima, können auch über persönliche Dinge sprechen – wie ich eben mit dir vor allem. Es stimmt, was du sagst: Markus tut mir gut. Nun möchte ich gern schlafen. Ich bin todmüde."

„Ja Kleines, ich bringe dich in dein Zimmer. Dann schläfst du, solange du möchtest. Das wird dir ganz bestimmt nicht schaden. Ich hoffe, dass Markus euer Fenster schon repariert hat."

39

Als die beiden Carlas Zimmer betraten, hatte Markus bereits eine neue Scheibe eingesetzt. Gudrun sprach ihn an:
„Markus, Carla möchte gern schlafen. Ist das jetzt möglich?"

„Aber sicher! Das Fensterglas ist eingesetzt. Auch sind die Scherben beseitigt, wofür ich Inga sehr danke. Ich bin ebenfalls erschöpft und möchte mich ein wenig ausruhen.

Aber vorher muss ich noch etwas loswerden, was mich bedrückt: Ich bin ja noch die Erklärung schuldig, woher dieses verdammte Gewehr kommt! Jetzt, da es gerade passt, möchte ich dir sagen, und das kannst du den anderen auch mitteilen: Wir haben das Gewehr gewiss nicht mitgebracht. Ich habe das vor ein paar Tagen zufällig in der Hütte gefunden, als ich auf der Suche nach Steinen für den Grill war. Dir, liebe Gudrun, der ich voll vertraue, hätte ich es ja eigentlich gleich zeigen müssen. Du weißt nach unserer Unterhaltung genau, warum! Aber das fiel mir trotzdem schwer, nachdem ich dir sonst alles von mir erzählt hatte. Dann wäre die Sache mit den Gewehr zu viel gewesen, die ich auch zuerst für eine Nebensächlichkeit hielt."

Mit Blick auf Carla stellte er sogleich fest:

„Und Dir, meine über alles Geliebte, wollte ich davon auf keinen Fall erzählen, zumal ich immer genug Angst um dich ausstehe, seit wir zusammen sind."

An beide gleichermaßen gewandt, fügte er ergänzend hinzu:

„Ich nahm das Gewehr also an mich und legte es schnell unters Bett, als jemand an der Tür klopfte. Danach habe ich nicht mehr daran gedacht – es einfach vergessen. Denn da kam immer etwas anderes vor, sodass ich abgelenkt war. Die Sache mit dem Gewehr ärgert mich jetzt aber wirklich sehr – auch wenn man bedenkt, was damit hätte passieren können."

Gudrun sagte nur „Nun ja", und verließ daraufhin das Zimmer. Carla schaute ziemlich irritiert und machte dazu keine Bemerkung. Sie hatte sich nach dem Gespräch mit Gudrun, das ihr offenbar gut tat, wieder etwas beruhigt.

Als die beiden allein waren, tröstete Markus sie:

„Es wird bald alles so schön werden, wie es zuletzt war, mein Schatz."

Während sich Carla ins Bett legte, verdunkelte Markus das Zimmer mit einem Rollo. Dann schmiegte er sich ganz nah an sie und legte seinen Arm schützend um ihre Taille. Es dauerte nicht lange, bis Carla einschlief. Markus lauschte ihren Atemgeräuschen und dachte:

„Was war das bloß für eine Dummheit von mir, das Gewehr hier im Zimmer aufzubewahren! Wie lässt sich verhindern, dass ähnliches nochmals geschieht? Ich kann sie doch nicht dauernd bewachen oder einsperren. Und ich dachte, es ginge ihr besser, ich Narr. Wenn erst der dunkle Herbst ins Land zieht, wird ihre Gemütslage sich bestimmt nicht besonders aufhellen. Na, wir werden sehen! Mehr als ihr Liebe geben, kann ich doch nicht tun."

Über seine Gedanken schlief Markus ein. Er wurde erst wieder wach, als Carla das Zimmer verließ. Markus rechnete nach dem letzten Vorfall nicht ohne Grund mit dem Schlimmsten:

„Sie wird es doch nicht etwa schon wieder versuchen?"
Schnell stand er auf, um ihr zu folgen. Er schlich barfuß
über den Flur. Dabei konnte er gerade noch erspähen, wie
Carla auf der Toilette verschwand, und lauschte dann an der
verschlossenen Tür. Was er wahrnahm, waren Würgegeräu-
sche und die Toilettenspülung.

In dem Moment, als Carla die Tür öffnete, sah sie Markus
erschrocken an. Markus, der sich ertappt fühlte, sagte:

„Ich habe mir Sorgen um dich gemacht, Schatz."

„Dachtest du, ich wollte es schon wieder versuchen?"

„Du hast mich nun einmal ein wenig verunsichert, was
das angeht."

„Komm, lass uns wieder zu Bett gehen. Wenn die anderen uns hier diskutierend sehen, denken sie, wir wären
wirklich total durchgeknallt."

Kaum hatten die beiden ihr Zimmer erreicht, griff Carla
sich an den Bauch. Umgehend machte sie kehrt und lief zurück zur Toilette. Als sie dann eine Viertelstunde später ins
Schlafzimmer zurückkehrte, fragte Markus:

„Hast du dir den Magen verdorben?"

„Ich wüsste nicht womit, aber mir ist wirklich speiübel."

Gleich, nachdem sie das ausgesprochen hatte, musste sie
schon wieder würgend losrennen. So verging die halbe
Nacht, bis sich ihr Magen ein wenig beruhigte.

Am nächsten Morgen schlich sich Markus aus dem Bett,
um Carla mit einem Frühstück zu überraschen. Er brachte
ein Tablett mit frisch aufgebrühtem Kaffee, Käse, Brötchen
und allerlei Aufschnitt ins Zimmer.

Dann zog er das Rollo hoch, um Carla mit dem Sonnenschein des bereits begonnenen Tages zu wecken.

„Carla, aufstehen, der neue Tag erwartet uns", sagte Markus sanft und küsste sie dabei auf die Wange. Die Sonne strahlte schon kräftig, sodass sie Markus nur blinzelnd anschauen konnte, um nicht geblendet zu werden.

„Wie spät ist es denn?"

„Halb elf! Ich glaube, das ist eine gute Zeit, um zu frühstücken."

„Hm, ich habe schon Hunger. Meinem Magen scheint es besser zu gehen. Sieht ja echt lecker aus, was du da angerichtet hast. Danke."

Nachdem Carla einige Schluck Kaffee getrunken und ein halbes Brötchen gegessen hatte, sprang sie aber urplötzlich aus dem Bett und rannte barfuß zur Toilette. Als sie zehn Minuten später leichenblass ins Zimmer zurückkehrte, fragte Markus:

„Musstest du dich schon wieder übergeben?"

„Ja, mir ist immer noch bzw. schon wieder grottenschlecht!"

„Wenn sich das nicht schnell bessert, müssen wir zum Arzt, Schatz. Das könnte eine Lebensmittelvergiftung oder eine bakterielle Infektion sein."

„Du machst mir aber Mut! Und wie soll ich das machen? Hast du vergessen, dass wir aus dem Krankenhaus abgehauen sind? Meine Krankenkassenkarte ist doch noch dort!"

„Stimmt, das hatte ich nicht bedacht. Vielleicht würden wir uns damit noch selber ausliefern. Wer weiß, welche Informationen bei der Abfrage von Patientendaten automatisch weitergegeben werden!"

„Und jetzt? Oh, mir wird schon wieder ganz komisch",

antwortete Carla und rannte abermals zur Toilette. Markus dachte:

„Was kann ich denn jetzt nur machen? Carla braucht Hilfe! Mensch, Inga ist doch in etwa so alt wie Carla. Vielleicht leiht sie uns ihre Krankenkassenkarte! Ich werde sie gleich mal fragen."

40

Sofort machte er sich auf den Weg zu Inga, die gerade ihre Yoga-Stunde beendet hatte.

„Du Inga, Carla geht es wirklich sehr schlecht. Ich denke, sie hat eine Lebensmittelvergiftung. Könntest du ihr deine Krankenkassenkarte leihen? Das fällt doch ganz bestimmt nicht auf."

„Normalerweise bin ich zu Betrügereien nicht bereit. Aber da es um Carla geht, habe ich damit keine Probleme. Komm mit in mein Zimmer, da kannste die Karte gleich an dich nehmen."

Inga drehte sich auf der Stelle um und machte sich auf den Weg. Markus folgte ihr auf dem Fuße. Dabei konnte er feststellen, dass sie sich in ihrem Sport-Outfit extrem feminin bewegte. In ihrem Zimmer angekommen, fasste Inga in ihre Handtasche und holte die Karte hervor. Dabei merkte sie an:

„Ihr könnt froh sein, dass ich mir noch keine neue Krankenkassenkarte mit Lichtbild geholt habe. Dann könnte Carla diese bestimmt nicht nutzen."

Sie hielt Markus die Karte hin. Als dieser die Karte nehmen wollte, ließ Inga nicht los und hauchte:

„Dann bist du mir aber was schuldig!"

Markus machte sich keine weiteren Gedanken über diese Aussage und antwortete:

„Ja, ja, ist doch klar. Du hast bei uns was gut."

„Nein, nicht bei euch –: Bei dir habe ich etwas gut!"

„Ja, ist in Ordnung! Aber jetzt gib mir schon die Karte."

Da löste Inga den Widerstand, und Markus konnte ihr die Karte abnehmen. Ohne sich zu verabschieden, machte er sich auf den Weg zu Carla.

Carla saß in ihrem Zimmer auf der Kante des Bettes und kämpfte mit ihrer Übelkeit.

„Komm, lass uns jetzt einen Arzt aufsuchen! Ich habe eine Krankenkassenkarte für dich besorgt."

Erik brachte die beiden mit seinem Taxi in eine Notfallambulanz der Charité. Carla zeigte an der Rezeption der Ambulanz Ingas Krankenkassenkarte vor. Sie tat dies, ohne mit der Wimper zu zucken: Man konnte ihr das schlechte Gewissen, welches sie bei dem Betrug verspürte, nicht ansehen.

In der Ambulanz nahm ein junger Assistenzarzt eine gründliche Untersuchung vor: Blut-Entnahme, Urin-Probe und Ultraschall. Er tastete Carlas Bauch ab, überprüfte Puls und Blutdruck. Als sich keine organischen Erkrankungen feststellen ließen, teilte er ihr eine Telefonnummer mit, bei der sie die Untersuchungsergebnisse erfragen könne. Außerdem wies er darauf hin, dass man gegebenenfalls anrufen werde, um zum Beispiel einen weiteren Termin auszumachen. Anschließend entließ er Carla nach Hause.

Unterwegs musste Erik auf Carlas Verlangen sogar einmal sein Taxi anhalten, damit sie ihren Würgereiz wieder ein wenig beruhigen konnte.

Zu Hause angekommen, wollte Carla nur noch ins Bett, denn die ständige Übelkeit hatte sie sehr geschwächt. Markus begab sich derweil in die Küche, um sich eine Tasse Kaffee zuzubereiten. Für Carla machte er einen Tee. Mit dem frisch aufgebrühten Kaffee ging er in den Speiseraum, aus dem Stimmen zu vernehmen waren.

Als er den Raum betrat, unterhielten sich Laura und Klaus angeregt. Laura konterte gerade:

„… kannst doch wohl nicht behaupten, dass sich die amerikanische Politik seit der letzten Wahl bis jetzt grundsätzlich geändert hat!"

„Ja, in gewisser Weise stimmt das schon. Aber manche geben sich immerhin Mühe, teils auch bei den Republikanern!"

„Es ist doch fürchterlich, was da in den USA überwiegend passiert!"

„In Amerika gibt es eben Kräfte und Strömungen, die sich nicht so leicht von demokratischen Bestrebungen beeindrucken lassen. Und was ist von dem bisherigen Präsidenten denn zu erwarten, wenn der die Wahl gewinnen sollte?"

Markus hatte sich leise gesetzt, um die beiden nicht zu stören. Trotz des angeregten Gespräches bemerkten sie Markus. Klaus begrüßte ihn lachend:

„Hallo Markus, wir hätten dich fast übersehen. Wir unterhalten uns gerade über die Weltpolitik. Sieht ja aktuell überhaupt nicht gut aus! Überall brodelt es. Und die amerikanische Politik lässt derzeit sehr zu wünschen übrig!"

„Ihr müsst entschuldigen, aber ich kann derzeit überhaupt nicht mitreden. Ich war ja nie übermäßig politisch interessiert. Doch seitdem mich etliche eigene Probleme außer

Atem bringen, habe ich wirklich keinen Kopf mehr dafür."

„Ja, das kann ich verstehen. Wie geht es denn Carla?", fragte Laura.

„Carla geht es noch gar nicht gut. Sie klagt über eine starke Übelkeit. Und dazu ist sie manchmal immer noch sehr traurig", musste Markus leider mitteilen.

„Gegen die Übelkeit kann man doch bestimmt etwas machen, oder? Aber gegen die Traurigkeit ist noch kein Kraut gewachsen", meinte Klaus dazu.

„Wegen der Übelkeit waren wir heute schon in der Charité. Noch ist die Ursache unbekannt. Der Traurigkeit kann man nur mit viel Liebe begegnen. Ich versuche, ihr Geborgenheit zu geben. Ob ich damit Erfolg haben werde, steht in den Sternen."

„Immer positiv denken! Dann wird alles gut", warf Laura ein und lächelte.

So unterhielten sie sich noch eine ganze Weile über die Zukunftspläne der Kommune und über das allgemeine Weltgeschehen. Markus fühlte sich wohl bei diesen Menschen, die zwar höchst unterschiedlich waren, sich aber alle durch Offenheit und Hilfsbereitschaft auszeichneten.

41

Am nächsten Morgen schellte das Gemeinschaftstelefon. Als Gudrun abnahm, meldete sich eine Mitarbeiterin der Charité, die Frau Inga Steiner sprechen wollte. So holte Gudrun Inga aus deren Yoga-Kurs ans Telefon. Inga meldete sich:

„Ja, hallo, Inga Steiner am Apparat!" Die Krankenhaus-Mitarbeiterin kündigte an:

„Frau Steiner, Sie müssten in den nächsten Tagen zu einem Gespräch in die Ambulanz kommen. Wir haben den Grund für Ihre Übelkeit gefunden."

„Ja! Was habe ich denn für ein Leiden?"

„Frau Steiner, Sie müssen Verständnis dafür haben, dass wir keine weiteren Auskünfte am Telefon geben dürfen."

„Ach ja, ich vergaß, dass es eine Schweigepflicht gibt. Ich werde heute noch in die Ambulanz kommen."

Nach dem Telefonat eilte Inga zu Carlas Zimmer. Dort angekommen, klopfte sie kurz an die Zimmertür. Da Inga es wegen ihres laufendem Yogakurses sehr eilig hatte, trat sie ein, ohne ein „Herein" abzuwarten. Carla lag in ihrem Bett und schlief, sodass Inga sie sanft an ihrer Schulter schüttelte, um sie aufzuwecken:

„Carla, aufwachen! Carla!" Als Carla dann die Augen öffnete, erzählte Inga:

„Carla, ich habe gerade einen Anruf von der Krankenhaus-Ambulanz entgegengenommen. Dort kennt man den Grund für deine Übelkeit. Du möchtest noch heute in die Charité kommen." Carla, die noch ein wenig schlaftrunken war, fragte:

„Ist es denn etwas Ernstes?" Inga erwiderte:

„Das wollte man mir am Telefon nicht mitteilen. Es nützt alles nichts: Du musst wohl heute noch ins Krankenhaus, wenn du wissen möchtest, was du hast."

„Du hast recht. Ich werde mich jetzt sofort fertig machen."

„Ist gut. Ich muss jetzt aber wieder runter zu meiner Yogagruppe. Die habe ich schon lange genug warten lassen."

„Danke, Inga!", sagte Carla und schlüpfte eilig aus dem Bett.

Carla ging schnell unter die Dusche, kleidete sich an, um dann nach Markus zu suchen.

Als sie Markus nicht im Speisezimmer antraf, ging sie in den Hinterhof, um dort nach ihm zu schauen. Und tatsächlich: Markus werkelte an dem alten Holzschuppen herum.

„Schatz, das Krankenhaus hat sich gemeldet. Sie kennen den Grund für meine Übelkeit. Ich muss heute noch einmal in die Ambulanz der Charité."

„Ja? Ich werde dich natürlich begleiten. Vielleicht kann uns Erik wieder hinbringen. Dieses Mal bekommt er aber Geld von mir."

Carla wandte sich eher unbewusst als bewusst von Markus ab, um nach dem Spatzennest zu spähen. Aber aus dieser Position konnte sie nichts erkennen. So schaute sie Markus fragend an. Markus hatte sofort erkannt, worauf Carlas Interesse gerichtet war:

„Mein Schatz, zwei der Küken sind flügge geworden. Man kann sie hier im Hof umherfliegen sehen."

Aber das war eine glatte Lüge. Denn er wusste nicht, was aus den kleinen Spatzen geworden ist. Mit großer Wahrscheinlichkeit war das Nest komplett von den Dohlen geplündert worden. Doch er würde den Teufel tun, Carla etwas über seine Vermutung zu sagen.

„Es gibt Menschen, die vertragen die Wahrheit nicht. Deshalb muss man halt leider manchmal lügen", dachte er.

Carla schaute sich neugierig um. Und zu Markus' Verwunderung machte sie dann unter der alten Kastanie eine sich um einen Brotkrümel streitende Spatzenschar aus. Voller Freude meinte sie:

„Ach wie schön. Es stimmt. Da sind sie ja!"

Als sich die beiden auf den Weg ins Haus begaben, begleitete sie das Gezwitscher der aufgeregten Spatzenschar.

Nachdem Markus bei Erik angerufen hatte, dauerte es keine fünf Minuten, bis dieser mit seinem Taxi vor der Tür stand. Erik bot wieder an, mit dem Taxi vor dem Krankenhaus zu warten. Carla bedankte sich:

„Das ist wirklich gut von dir gemeint, Erik. Es kann aber heute etwas länger dauern."

„Ich wollte sowieso meine Frühstückspause machen. Dieses Mal wird sie halt etwas ausgiebiger. Seht ihr da hinten das Café ,Klabautermann'? Dort findet ihr mich."

„So machen wir es! Falls es was Ernstes ist und ich im Krankenhaus bleiben muss, gibt dir Markus Bescheid."

„Ja, also bis gleich."

42

Carla und Markus machten sich auf den Weg durch den farbenfroh gestalteten Eingangsbereich direkt in die Ambulanz. Der Wartebereich der Ambulanz war in U-Form gestaltet. Fast alle Plätze waren schon belegt. Jeder Neuzugang wurde von den dort bereits Wartenden ausgiebig begutachtet. In Front zum Wartebereich lag die Rezeption, welche durch Glaselemente vom übrigen Raum getrennt war. Hinter dem Glas saß eine junge Frau, die irgendwelche Patientendaten in den Computer eingab. Erst, nachdem Carla und Markus schon einige Minuten vor der gläsernen Durchreiche verweilt hatten, schaute die Frau auf.

Langsam drehte sie sich auf ihrem Bürostuhl zur Seite, um sich den neuen Patienten zuzuwenden:

„Krankenkassenkarte bitte! Möchten Sie zum Verbinden, oder sind Sie ein Neuzugang?"

„Mein Name ist Inga Steiner. Ich war schon hier zur Untersuchung. Ich möchte nur meine Diagnose erfahren."

„Hm, ah ja, ich sehe schon. Ja, Frau Steiner, Sie müssen sich noch ein wenig gedulden. Hier haben Sie schon einmal ihre Versicherungskarte zurück. Sie werden dann aufgerufen."

Gleich, nachdem sie das ausgesprochen hatte, wandte sich die Arzthelferin schon wieder ihrem Computer zu. Carla und Markus fanden trotz des gut gefüllten Wartebereichs am Ende doch noch einen Sitzplatz. Schweigend schaute sich Markus um, bis sein Blick an einem Gipsbein hängen blieb. Ein blasser junger Mann saß mit gequältem Gesichtsausdruck im Rollstuhl und war mit seinem Mobiltelefon beschäftigt. Kaum hatte Markus diesen Eindruck aufgenommen, hörte er hinter sich eine alte Frau weinerlich sagen:

„Herr Doktor, können Sie mir meinen Verband erneuern?"

Markus war neugierig geworden und blickte sich um. Er sah ein altes Mütterchen, welches mit Bademantel bekleidet einem jungen Assistenzarzt hinterherschlurfte.

Der Assistenzarzt machte einen gestressten Eindruck, versuchte aber trotzdem, zu der alten Frau freundlich zu sein:

„Frau Küttner, den Verbandswechsel können auch die Schwestern auf der Station vornehmen."

Mit dieser Antwort gab sich das Mütterchen aber nicht zufrieden:

„Ach, Herr Doktor, schauen Sie sich doch die Wunde noch einmal an. Dann fühle ich mich sicherer!“

„Frau Küttner, bitte verstehen Sie, ich habe nun wirklich keine Zeit, mich darum zu kümmern. Die Schwestern auf der Station können das genauso gut wie ich.“

„Herr Doktor, bitte, Sie machen das doch immer so sorgfältig.“

Der Arzt war wegen der Uneinsichtigkeit der Patientin offensichtlich etwas verärgert, denn er ging davon, ohne weiter auf die alte Frau einzugehen. Die aber versuchte es noch einmal mit einem:

„Aber, Herr Doktor!“

Doch der Assistenzarzt hörte das nicht mehr. Er war nämlich mit seinen Gedanken schon bei der bevorstehenden Operation eines Blinddarm-Durchbruchs, die er noch durchzuführen hatte. Mit einem verwirrten Eindruck in ihrem Gesicht ging die alte Frau zu den Fahrstühlen, die zu den Bettenstationen des Krankenhauses führten. Markus meinte:

„Carla, hast du das gerade mitbekommen?“

„War ja kaum zu überhören!“

„Da zeigt sich mal wieder der menschliche Egoismus in seiner reinsten Form.“

„Wie soll ich das verstehen?“

„Die alte Frau wollte die beste Versorgung für sich sichern, obwohl sie der Aussage des Arztes nach bei den Schwestern in den besten Händen wäre. Dazu sagte der Arzt ja auch noch, dass er keine Zeit habe. Aber die Frau pochte immer weiter darauf, von ihm versorgt zu werden. Ihr hätte doch klar sein müssen, dass ein anderer Patient ebenfalls – und wahrscheinlich mehr noch – die Hilfe des

Arztes benötigte."

„Ah, ich verstehe, worauf du hinaus willst. Viele denken nur an sich selbst, in diesem Falle an die eigene Heilung, ohne auf das Wohl der Mitpatienten bedacht zu sein."

Irgendwann wurde dann Carla von einer Schwester in den Behandlungsraum gerufen. Carla bat Markus darum, sie zu begleiten. Ein Arzt mittleren Alters begrüßte Carla und Markus mit einem Händedruck. Dann forderte er die beiden freundlich lächelnd auf, sich doch zu setzen. Kaum saßen sie da, schaute der Arzt noch einmal kurz in die Akte, um dann ohne Umschweife mitzuteilen:

„Frau Steiner, um es kurz zu machen: Sie sind schwanger! Der Grund für ihre Übelkeit ist der durcheinander gekommene Hormon-Haushalt. Das wird sich ganz bestimmt in den nächsten Wochen ändern. Es gibt da zwar schon Präparate, die diese Übelkeit abmildern; aber davon rate ich ab."

Für eine gefühlte Ewigkeit herrschte angespannte Stille in dem Behandlungszimmer, bis Markus stammelte:

„Das ist ja… wirklich! Das ist ja wunderbar!" Markus' Augen füllten sich mit Tränen. Als er Carla anschaute, lief eine davon über seine Wange:

„Das ist ein Wunder! Carla, wir bekommen ein Kind!"

Als Carla sah, wie sehr ihn diese Nachricht erfreute, schaute sie ihn nur an und wusste im Moment nicht, wie sie ihre große Zuneigung zu ihm zum Ausdruck bringen könnte. Zum Arzt gewandt, äußerte sie voller Begeisterung:

„Herr Doktor, Sie haben mich mit dieser Nachricht total überrascht. Ich habe mit allem gerechnet, aber nicht mit einer Schwangerschaft."

Der Arzt wollte gerade ansetzen, Carla Mut zu machen:

„Es mag jetzt vielleicht der unpassende Zeitpunkt sein, aber…", da unterbrach ihn Carla:

„Sprechen Sie nicht weiter bitte. Das Kind wurde uns genau zum richtigen Zeitpunkt geschenkt!"

„Dann ist es für Sie also eine gute Nachricht? Das freut mich sehr! Herzlichen Glückwunsch!"

Er stand auf, gab beiden die Hand und beglückwünschte sie:

„Ich denke, Ihr Hausarzt wird Sie während der Schwangerschaft begleiten. Nun wünsche ich Ihnen alles Gute."

Carla und Markus bedankten sich. Nach einer kurzen Verabschiedung verließen sie das Behandlungszimmer. Noch im Eingangsbereich des Krankenhauses äußerte Carla hoffnungsfroh:

„Jetzt wird wirklich alles gut!"

Markus legte seinen Arm um Carlas Taille und drückte ihren Körper nah an seinen. So gingen sie in den „Klabautermann", um Erik von der Warterei zu erlösen. Als die beiden das Café betraten, war Erik mit dem Studium der Tageszeitung beschäftigt. Dazu genoss er eine große Tasse Kaffee, zusammen mit einem belegten Baguette.

„Hallo Erik, da sind wir wieder!", begrüßte Markus ihn fast jubelnd.

„Ihr habt Gutes zu berichten, nicht wahr? Man kann es euch ansehen. Ihr strahlt ja geradezu! Setzt euch zu mir und erzählt mal!"

Carla und Markus setzten sich zu Erik an den Tisch. Markus schaute Carla an und fragte:

„Darf ich Erik über die Diagnose informieren?"

Markus war voller Freude. Und das wiederum machte sie

glücklich, weshalb sie ihn ohne Umschweife dazu ermunterte, das mitzuteilen:

„Nur zu, mein Schatz! Wir wollen doch kein Geheimnis daraus machen."

„Carla leidet unter dieser Übelkeit, weil sie schwanger ist."

„Ja, das ist wirklich mal eine sehr gute Nachricht!"

„Für uns ist das mehr als eine sehr gute Nachricht: Wir beginnen ein neues Leben! Wir sind überglücklich, Eltern zu werden", sagte Carla.

„Für unsere Kommune wird ein Kind eine große Bereicherung sein. Wir werden sonst auf Dauer überaltern", antwortete Erik erfreut.

43

In der Kommune sprach sich die Nachricht über Carlas Schwangerschaft wie ein Lauffeuer herum. Alle Mitglieder der Kommune nahmen die Schwangerschaft von Carla positiv auf. Einige Mitbewohner fieberten schon der Geburt des Kindes entgegen: So schenkte Klaus den beiden künftigen Eltern bald einen ganzen Karton mit Strampelanzügen. Olaf bereitete den Bau einer Schaukel vor, indem er kleine Verankerungsmöglichkeiten für das Holzgestänge einbetonierte; und Gudrun strickte am laufenden Band Söckchen und Mützen für Babys.

Markus war sich dessen bewusst, dass er jetzt unbedingt reinen Tisch machen musste. Er wollte sich der Polizei stellen, um die Körperverletzung, die er dem Krankenhauspfleger zugefügt hatte, zu sühnen. Diese Entscheidung traf er, nachdem er darüber nachgedacht hatte, wie die Zukunft mit Carla und dem Kind wohl aussehen würde. Für ihn war es ein Unding, sich ständig aus Furcht vor Bestrafung verstecken zu müssen. Er dachte:

„Wenn ich mich jetzt stelle, lassen sie mich garantiert nach einigen Monaten laufen. Dann bin ich zur Geburt des Kindes bestimmt wieder zuhause."

Zuerst sprach er mit Gudrun über das Thema. Denn er war sich sicher: Sie würde ihm den richtigen Rat geben.

„Sag mal Gudrun, was hältst du davon, wenn ich mich bei der Polizei stelle, um reinen Tisch zu machen?"

„Wie kommst du denn auf diese Idee? Du bist dir doch wohl darüber im Klaren, dass sie dich erst einmal wegschließen werden, oder?"

„Ja, aber irgendwann wird sich herausstellen, dass ich gesund bin!"

„Bist du dir da sicher? Du weißt doch, wie verkorkst so mancher Psychiater ist. Es kann sein, dass du lange in einer Anstalt untergebracht bleibst."

„Meinst du das im Ernst? Du denkst wirklich, die könnten mich für Jahre in die Psychiatrie stecken?"

„Wenn du diesen Fehler machst und dich einfach stellst – dann auf jeden Fall. Wenn die dazu noch herausbekommen, was du mit deinem Ex-Chef angestellt hast, stufen sie dich als gemeingefährlich ein und stecken dich sowieso weg!"

„Gudrun, ich möchte doch ein ganz normales Leben führen – mit Carla und dem Kind. Was kann ich denn nur tun?"

„Hm, ja, ich glaube, da gibt es eigentlich nur eine einzige

Möglichkeit: Du brauchst einen Rechtsanwalt, bevor du dich stellst. Nur so kannst du mit einem blauen Auge davonkommen."

„Mensch Gudrun, du bist Gold wert. Auf deinen Rat kann man sich immer verlassen. Das ist wahrscheinlich die Lösung für all unsere Probleme. Daran habe auch ich vor einiger Zeit schon mal gedacht. Aber mir kamen Bedenken, wie das durchzuführen wäre und ablaufen könnte – und die habe ich nun immer noch, wo du das jetzt vorschlägst."

„Ich glaube, ich habe da jemanden für dich. Der Mann ist Jurist und sehr kompetent, kommt aber aus der alternativen Szene. Er hat sehr oft Obdachlosen und Flüchtlingen bei juristischen Problemen geholfen. Wenn du möchtest, werde ich ihn morgen anrufen."

„Das ist wirklich unglaublich nett von dir, aber ich möchte zuvor noch mit Carla über diese Angelegenheit sprechen. Kannst du mit dem Anruf warten, bis ich dir grünes Licht dafür gebe?"

„Aber selbstverständlich! Besprich alles mit Carla, und dann entscheidet ihr, wie es weitergeht."

„So mache ich es! Danke für deinen guten Rat! Du bist wirklich eine einzigartige Freundin."

Markus ging sofort zu Carla, um mit ihr zu reden. Als er ins Zimmer kam, lag sie auf dem Bett und erholte sich gerade von der letzten Würge-Attacke. Er fragte:

„Schatz, geht es dir denn schon etwas besser?"

Carla reagierte darauf ein wenig bedrückt:

„Nein, nicht wirklich."

„Wenn es dir morgen noch nicht besser geht, sollten wir vielleicht einen Heilpraktiker aufsuchen. Zu einem Arzt können wir ja nicht gehen."

„Ja, das ist mir neulich ebenfalls schon mal in den Sinn gekommen. Die haben immer für alles ein Kräutlein, das zumindest lindert, wenn es auch nicht wirklich hilft."

„Das glaube ich auch. Du kannst dich ja nicht die nächsten fast neun Monate nur quälen. Ich denke, du hast eine schöne Schwangerschaft verdient!"

„Danke mein Schatz, du bist lieb!"

„Carla, ich möchte dir noch etwas Wichtiges sagen. Wir müssen eine schwerwiegende Entscheidung treffen", schloss Markus dann leise an:

Carla riss erschrocken die Augen auf. Ohne etwas äußern zu können, öffnete sie nur den Mund. Dann sprach Markus weiter:

„Ich bin der Meinung, dass ich mich der Polizei stellen sollte." Carla ließ Markus nicht weiterreden:

„Was soll das denn jetzt bedeuten? Du weißt doch ganz genau, was sie mit dir machen werden, wenn du dich stellst."

„Ich habe eben auch schon mit Gudrun darüber gesprochen. Sie will mir einen Rechtsanwalt besorgen, der mir zur Seite steht."

Carla war voller Angst, dass sie Markus sehr lange nicht mehr sehen würde:

„Und ich stehe dann alleine da! Du weißt doch, wie es sich mit meiner Psyche verhält! Willst du etwa, dass ich erneut zusammenbreche?"

„Nein, natürlich nicht! Ich werde auch nur etwas tun, womit du einverstanden bist."

„Dann möchte ich erst mal etwas über deine Idee nachdenken, ja? Kannst du Inga die geliehene Krankenkarte zurückbringen?"

„Geht in Ordnung! Lass dir meine Idee ganz in Ruhe durch den Kopf gehen."

44

Markus machte sich mit der Krankenkarte zu Ingas Zimmer auf und klopfte an deren Tür.

„Wer ist da?", fragte Inga.

„Markus. Ich möchte dir die Krankenkassenkarte wiedergeben."

„Kannst du einen Augenblick warten? Ich muss mir nur kurz was überwerfen."

„Klar, mach nur. Ich hab doch Zeit."

„Dauert nicht…."

Markus kam es wie eine halbe Ewigkeit vor, bis Inga endlich die Tür öffnete. Sie trug einen weißen Bademantel, als sie vor ihm stand. Er hatte eigentlich nur die Karte abgeben wollen. Aber als Inga ihn hereinbat, wollte er nicht unhöflich sein und trat ein.

„Du bringst mir meine Karte wieder? Ich hoffe, ich konnte euch damit helfen."

„Ja, du hast uns sogar sehr damit geholfen!"

„Schön, dass das gut gelaufen ist. Du hast mir aber versprochen, dass ich bei dir etwas gut habe. Und das möchte ich nun einlösen. Vergiss das nicht!"

Nachdem sie zu Ende gesprochen hatte, schaute sie Markus tief in die Augen, löste ihren Bademantelgürtel und ließ den Bademantel auf den Boden gleiten. So stand sie dann in

ihrem transparenten Negligé und halterlosen Nylonstrümp-
fen vor ihm.

Markus schaute auf ihren durchtrainierten, makellosen
Körper. Da wusste er, dass er jetzt alles von ihr bekommen
würde, wenn er nur wollte. Inga öffnete ihre Arme und flüsterte:

„Nun komm schon, mein starker Bursche! Zeig mir, was
für ein Kerl du bist, und nimm mich. Komm schon! Niemand wird etwas davon erfahren. Das verspreche ich dir."

„Du weißt doch, dass Carla von mir ein Kind erwartet,
Inga", antwortete Markus sehr höflich, aber deutlich.

Inga tat so, als hätte sie ihn überhört und lockte mit den
Fingern, deren Nägel knallrot lackiert waren.

„Nun lass doch, Inga! Was soll denn das? Wir wollen
doch Freunde bleiben, oder?" Inga aber ließ nicht locker
und sagte lachend:

„Aber Freunde können doch auch mal schöne Sachen
miteinander machen!"

Markus reagierte darauf mit einem Kopfschütteln. Dann
sagte er schmunzelnd:

„Ach, hör doch auf, Inga. Was denkst du dir eigentlich
dabei? Das ist doch nicht in Ordnung. So, ich gehe jetzt!
Nichts für ungut, ja?"

Daraufhin verließ er schnell ihr Zimmer. Inga antwortete
kühl:

„Du bist ein Spielverderber. Wir hätten es uns so richtig
schön machen können, du Dummkopf."

Sie schaute an sich herunter. In diesem Augenblick fühlte
sie sich wie verkleidet. Irgendwie schämte sie sich. Schnell
schlüpfte sie aus der Reizwäsche heraus, um sich wieder
straßentauglich zu kleiden.

Markus aber dachte auf dem Weg zu seinem Zimmer:
„Blöde Kuh! Die ist doch nicht ganz bei Trost! Es gibt
garantiert bessere Gelegenheiten und Möglichkeiten für sie,
um mit jemand rumzumachen."

45

Im Zimmer angekommen, setzte er sich schweigend zu
Carla aufs Bett. Irgendwann sagte Carla:
„Ich weiß wirklich nicht, was wir jetzt machen sollen. Du,
ich habe eine riesige Angst, dich für immer zu verlieren."
Nach einer Weile fing Markus an, kaum hörbar vor sich
hin zu sprechen – gedankenversunken, sinnierend, mal zu
Boden blickend, mal Carla anschauend:
„Niemals mehr werde ich dich verlassen. Wir sind ab jetzt
auf ewig zusammengeschweißt. Wir sind eins, verstehst du?
Eins! Keine Macht der Welt wird uns das nehmen. Das
schwöre ich dir. Wir werden unser Kind gemeinsam wach-
sen sehen. Gemeinsam werden wir Windeln wechseln, es
füttern und bei Krankheiten Nächte durchwachen.
Unserem Kind werden wir die Welt erklären, einen Sternenhimmel aus leuchtenden Sternen an der Kinderzimmer-
decke anbringen. Unser Kind soll gut behütet unter dem
Firmament schlafen. Ich werde ihm Kinderlieder singen
und Märchen erzählen. Glaube mir, unser Kind soll glücklich sein, und wir mit ihm. Ein schönes Zuhause schaffe ich
euch! Und ich bin mir sicher: In unserer Familie sollen nie
lange Zeit Tränen fließen.

Eine Holzeisenbahn baue ich, oder eine Puppenküche.
Und dann spielen wir gemeinsam. Viel Zeit werde ich mir
für euch nehmen! Ihr steht an erster Stelle, und dann kommt
sehr lange gar nichts mehr!

Im Sommer geht's dann ans Meer: Sandburgen bauen und
Spielzeug-Segelboote fahren lassen. Wir kuscheln uns in
den Strandkorb und lassen uns von der warmen Sommersonne streicheln. Der Sand des Strandes massiert unsere
Füße, und salzige Luft füllt unsere Lungen. Die Langeweile
vertreiben wir uns mit der Strandgut- oder Muschelsuche.
Wir wundern uns über das Rauschen des Meeres, welches
wir hören, wenn wir uns eine Muschel ans Ohr halten.

Auf den Sommerwiesen beobachten wir Heupferdchen
und Bienen. Das Kind pflückt für die Mama Blumen. An
den Wolken am Himmel werden wir unsere Phantasie er-
proben: Mit unserem Atem entsenden wir die kleinen Fall-
schirme der Pusteblumen in den Himmel. Gemeinsam werden wir die Spektralfarben des Regenbogens bewundern.
Bei den Sommergewittern bestaunen wir den zuckenden
Blitz vom geschlossenen Fenster aus.

Und im Herbst geht es dann in den Park, wo wir in dem
von den Bäumen gefallenen Laub toben werden. Wir sammeln Eicheln und Kastanien und bauen daraus Tierfiguren
oder Männchen. Später lassen wir Drachen steigen, solche,
wie wir sie auch schon als Kinder in die Lüfte entsandt haben – als Motiv einen Greif, und dazu einen langen bunten
Papierschwanz. Wir retten Regenwürmer aus den Pfützen
vor dem Ertrinken und beobachten die Schnecken mit ihren
festen Häuschen beim Kriechen. Die bunten Laubblätter legen wir in Löschpapier und trocknen sie zwischen den Seiten dicker Bücher, bis wir daraus schicke Bilder basteln. Ich

werde mit euch im Kartoffelfeuer kleine Kartoffeln am Holzspieß garen. Gemeinsam bringen wir mit selbstgebastelten Laternen Licht in die dunkle Jahreszeit.

Im Winter, wenn alles mit Schnee bedeckt ist, versuchen wir, die Spuren der Tiere des Waldes zu lesen. Ich zeige euch, wie man Schneeflocken mit der Zunge fängt und wie man einen wirklich schönen Schneemann baut. Wir werden auf eisigen Flächen schlittern und steile Schnee-Hänge herunterrodeln. Wenn es hagelt, schauen wir vom Fenster aus zu, wie die Hagelkörner wie Erbsen auf der Straße umherspringen. Von den im Sonnenlicht glitzernden Schneekristallen lassen wir uns verzaubern. Die Vögelchen beobachten wir am selbstgebauten Futterhäuschen beim Fressen.

Nach der dunklen Jahreszeit betrachten wir die Knospen von Pflanzen, wie sie aufblühen. Wir erfreuen uns an der Blütenpracht der Kirschbäume. Wir sind dabei, wenn die Flug-Formationen der wiederkehrenden Kraniche uns die warme Jahreszeit ankündigen. Gemeinsam schauen wir uns das tolle Treiben der Hasen in der Paarungszeit an. Wir werden mit unserem Kind warmen Vanille-Pudding essen, und es wird ihm wunderbar schmecken. Auf der Kirmes lassen wir unseren Liebling mit dem Kinder-Karussell Runden drehen. Wir werden unserem Kind zuwinken – jedes Mal, wenn es unseren Standplatz passiert. Unser Kind wird glücklich sein. Es bekommt von uns einen Gas-Luftballon, den es dann am Bändchen nach Hause führen kann. Und sollte der Luftballon dem Kind entgleiten, sodass er sich gen Himmel verabschiedet, werden wir es trösten und ihm einen neuen kaufen, der noch schöner ist, als der alte war.

Carla, wir werden ganz bestimmt nicht viel schimpfen, sondern unser Kind nur mit Liebe erziehen!"

46

Das Licht der Abendsonne durchflutete den Raum und ließ
alle Gegenstände, die davon erfasst wurden, in warmen röt-
lichen Tönen erstrahlen. Nach einer Weile der Stille antwortete Carla:
   „Genauso habe ich mir die Zukunft mit dir vorgestellt. Ich
vertraue dir unser Leben an – egal, wohin uns das Schicksal
verschlagen wird: Das Glück wird mit uns sein. Das spüre
ich ganz genau!"
   Markus nickte zustimmend und küsste sie. Nach einem
weiteren Moment des Schweigens teilte Carla klar und bestimmt ihre Entscheidung mit:
   „Es gibt keine andere Wahl: Geh' jetzt bitte zu Gudrun,
sie möchte den Rechtsanwalt für morgen früh bestellen."
Markus erwiderte leise:
   „Ja, das wird das Beste sein!"
   Der nächste Morgen zeigte sich von seiner weniger schönen Seite, denn es regnete in Strömen. Markus hatte am
Abend zuvor noch mit Gudrun gesprochen, die dann umgehend mit ihrem Rechtsanwalt Kontakt aufnahm. Der versprach, am folgenden Morgen mit Markus zur Polizei zu
gehen. So warteten Carla und Markus am Fenster auf das
Eintreffen des Rechtsanwaltes.

Durch den starken Regen hatten sich schon Pfützen auf der Straße und den Gehwegen gebildet, sodass die herabfallenden Tropfen kleine Wassersäulen erzeugten. Irgendwann kam ein junger Mann mit knallbuntem Regenschirm, wie man ihn für gewöhnlich nur im Zirkus verwendet, die Straße herunter und verschwand dann im Hauseingang der Kommune. Als es schellte, wussten Carla und Markus, dass es der Rechtsanwalt ist.

Still umarmten sich die beiden, bis Markus sich aus der Umarmung löste, um ihr einen Kuss zu geben. Dann sagte Markus mit fester Stimme:

„Es wird alles so werden, wie wir es uns erhoffen. Bitte bleib in deinem Zimmer. Ich hasse Abschiede. Es ist besser so, glaube mir!" Carla nickte verständnisvoll:

„Ja, alles wird bestimmt so, wie wir uns die gemeinsame Zukunft vorstellen. Zunächst muss sich und wird sich sicher ein Weg finden, das Problem zu lösen, das uns bedrückt. Das ist kein leichter Gang für dich. Aber vergiss nicht, wie sehr ich dich liebe. Du weißt, dass ich die ganze Zeit an dich denken werde."

„Ich liebe dich über alles. Bald bin ich wieder bei dir, mein Schatz!"

Nachdem Markus ihr nochmals einen stürmischen Kuss gegeben hatte, verließ er das Zimmer.

Gudrun, die den jungen Rechtsanwalt schon empfangen hatte, stellte ihm Markus vor:

„Also Joschka, das ist Markus, der deinen Beistand benötigt."

Der junge Rechtsanwalt musterte seinen neuen Mandanten mit hellgrünen wachen Augen und hielt Markus die

Hand zum Gruß hin. Markus ergriff seine Hand und schüttelte sie kräftig:

„Ich heiße Markus Niggemeier. Wie Sie sicher von Gudrun erfahren haben, brauche ich dringend Ihre Hilfe."

„Sollen wir uns nicht lieber duzen?", schlug Joschka vor. Als Markus nickte, fuhr der Rechtanwalt fort:

„So Markus, wo drückt denn der Schuh?"

Markus erzählte von der Trunkenheitsfahrt und der anschließenden Einweisung in die Psychiatrie. Danach erläuterte er seine Gründe für die Flucht, bei der er den Pfleger geschlagen hatte.

„Hm, ich verstehe, Flucht wegen der begründeten Vermutung, man wäre falsch und ungerecht behandelt worden. So könnten wir es gebogen kriegen! Aber um ein Schmerzensgeld für den geschlagenen Pfleger wirst du wohl nicht herumkommen, Markus!"

„Ja, das mit dem Schmerzensgeld geht wohl in Ordnung!"

„Das kann jedoch schnell in einem höheren fünfstelligen Betrag enden."

„Man muss halt für das geradestehen, was man im Leben anstellt, auch wenn man vielleicht im Recht war."

„Das ist die richtige Einstellung! Doch eventuell können wir in dieser Angelegenheit einen annehmbaren Vergleich aushandeln."

„Ich habe zwar nur noch kleine finanzielle Rücklagen. Aber man kann doch möglicherweise eine Ratenzahlung vereinbaren, oder?"

„Es lässt sich so ziemlich alles vereinbaren, wenn sich die Gegenpartei darauf einlässt!"

Nach diesem kurzen Vorgespräch hatte Markus volles Vertrauen zu dem jungen Rechtsanwalt gefasst. Er war sich sicher, dass Joschka das Beste für ihn herausholen würde, und so sagte er erleichtert:

„Joschka, Augen zu und durch! Wollen wir jetzt zur Polizei fahren?"

Joschka lächelte freundlich. Seine grünen Augen strahlten förmlich:

„Du kannst es ja kaum abwarten, dich zu stellen! Ich denke, ich kenne jetzt die wichtigsten Details deines Falles. Also auf!"

Gudrun umarmte Markus zum Abschied mit den Worten:

„Komm schnell wieder! Du weißt doch: Wir brauchen dich hier." Markus erwiderte:

„Ich werde mir größte Mühe geben. An mir soll es nicht scheitern, eine Lösung für meine unangenehme Lage erreichen zu können!"

Dann machten sich Joschka und Markus auf den Weg. Beim Verlassen des Hauses stand Carla am Fenster. Als Markus hochblickte, hob Carla die Hand zum Gruß. Dabei versuchte sie zu lächeln, was ihr sichtlich schwer fiel. Markus, der aus dem Wirkungskreis von Joschkas buntem Regenschirm herausgetreten war, wurde vom Regen erfasst, sodass sein Gesicht aussah, als liefen Tränen darüber.

Aber zum Weinen war ihm gewiss nicht zumute: Er war im Vertrauen auf den Rechtsanwalt entschlossen, eine Klärung der ihn bedrückenden Angelegenheit zu erreichen – für seine Zukunft mit Carla und für das zu erwartende gemeinsame Kind.

Als Markus sich abwendete, um Joschka zu folgen, streifte sein Blick den Zierstrauch, der im Eingangsbereich der Kommune stand. In dessen Geäst saßen verteilt an die zwölf aufgeplusterte Spatzen, die wie auf Kommando piepsend aus dem Strauch flogen. Markus dachte:

„Was für eine schöne Abschieds-Delegation! Ob Carla das wohl gesehen hat?"

Er schaute nochmals zu seiner Liebsten hoch. Carla hatte ihre Hand ans Fenster gelehnt. Ihr ernster Blick verriet, wie schwer ihr der Abschied fiel. Markus gab sich einen Kuss auf die Hand-Innenfläche und pustete ihn in Carlas Richtung. Diese Geste entlockte Carla dann doch noch ein strahlendes Lächeln. Irgendwie fühlte sie, er würde schnell wiederkommen. Und wenn er dann da wäre, würde alles so werden, wie er sich das zuvor vorgestellt hatte. Daran zweifelte sie nicht.